나도 술 잘 먹거든요?

나도 술 잘 먹거든요?

초판 1쇄 발행　2018년 12월 20일

지은이　김남숙
펴낸곳　도서출판 사과나무
펴낸이　권정자
등록번호　1996년 9월 30일(제11-123)
주소　경기도 고양시 덕양구 충장로 123번길 26, 301-1208
전화　(031) 978-3436
팩스　(031) 978-2835
이메일　bookpd@hanmail.net
블로그　http://blog.naver.com/giruhan
트위터　@saganamubook

ISBN　978-89-6726-031-6 03810

* 값은 뒤표지에 있습니다.
* 이 도서는 2018 경기 히든작가 공모전 당선작입니다.

이 도서의 국립중앙도서관 출판시도서목록(CIP)은 서지정보유통지원시스템 홈페이지(http://seoji.nl.go.kr)와 국가자료공동목록시스템(http://www.nl.go.kr/kolisnet)에서 이용하실 수 있습니다.(CIP제어번호: CIP2018034644)

나도 술 잘 먹거든요?

김남숙 지음

사과나무

길이 끝나는 곳에서도
길이 있다
길이 끝나는 곳에서도
길이 되는 사람이 있다
스스로 봄길이 되어
끝없이 걸어가는 사람이 있다.

– 정호승의 시 〈봄길〉 중에서

나는 공무원입니다

퇴직을 앞둔 2~3년 전부터 지나온 길을 더듬어보는 일이 잦아졌다. 그럴 때마다 공무원으로 첫발을 내딛은 스무 살 무렵이 가장 먼저 떠오른다. 첫 근무지인 예천군 호명면사무소는 내 인생에서 잊을 수 없는 곳이다. 거의 40년 만에 호명면사무소를 찾아갔다. 발걸음마다 추억이 섞여 들며 애틋한 그림자를 드리운다.

함께 간 두 딸 소희와 선희는 무심히 내 뒤를 따른다. 나 혼자 감회에 젖어 걸었다. 면사무소와 자취하던 집, 출퇴근 때 걷던 길을 천천히 걸어보았다. 아직도 눈에 익은 길이 남아 있어 반갑기도 하고 완전히 변해 낯선 길도 있다. 낯선 길과 익숙한 길 사이로 여러 얼굴들이 떠오르다 사라졌다.

3년 8개월의 자취 기간 동안 밥 먹여주고 돌봐주던 마을 사람들이 새삼 고마웠다. 그때가 내 인생에 있어서 커다란 자양분이 되었음에 틀림없다.

스무 살에 공무원으로 첫발을 내딛은 이후 예순에 퇴직할 때까지 한 길을 걸었다. 40년 세월에 강산도 네 번 바뀌었다. 지나온 길을 더듬어 써내려가다가 아이를 키우던 때에 이르자 순간적으로 울컥했다. 고단하고 힘들었던 그 시절을 견뎌낸 일이 기적과 같다.

처음 책을 쓰게 된 동기는 딸들에게 엄마가 살아온 삶을 이야기해야겠다는 생각으로 시작했는데 쓰다 보니 욕심이 생겼다. 이 세상의 모든 딸들에게 전하고 싶은 말이 많았다. 직장 생활을 하는 여성들, 특히 아이를 낳아 기르면서 공무원 생활을 하는 후배들에게 도움이 되면 좋겠다는 생각에 용기를 내었다.

한편으로는 공연히 부질없는 짓을 하는 건 아닌가, 하는 생각도 스쳤다. 수없이 망설이다 용기를 내기까지 꽤 시간이 흘렀다. 글이 막히면 노모가 계신 예천으로 차를 몰았다. 9순을 바라보는 엄마의 얼굴을 보고 오면 다시

글을 써야겠다는 마음이 솟구쳤다.

글을 쓰면서 부모님 생각이 더 깊어졌다. 나 역시 부모님 나이를 좇아가면서 엄마와 아버지의 삶을 다시금 돌아보는 계기가 되었다.

공무원이란 직업은 밖에서 생각하는 것처럼 정시 출근, 정시 퇴근과 거리가 멀다. 일반 회사와 마찬가지로 야근도 잦고, 홍수나 산불, 눈사태라도 벌어지면 앞장서야 한다. 농사철에는 농사꾼과 함께 논에서 일하던 시절도 있었다. 그래서 공무원들의 책상 밑에는 늘 3~4켤레의 신발이 준비되어 있다. 때와 장소에 맞춰 운동화나 등산화, 또는 장화로 바꿔 신어야 하기 때문이다.

무엇보다 공무원은 늘 긴장하고 살아간다. 국민에게 봉사한다는 마음가짐과 업무에서의 소신 사이에서 생기는 갈등을 어떻게 풀어 나가는가, 하는 문제 때문이다. 지금이야 공무원 지망생이 많아져서 경쟁이 높지만 옛날에는 박봉의 대명사였다.

돌이켜보면 공무원이야말로 누구나 할 수 있지만 아무나 할 수 없는 일이 아닌가 싶다. 서비스직이라고 한

마디로 규정할 수는 없지만 국민들에게 행정서비스를 해야 하고, 법에 따라 일처리를 하면서도 창의적인 면도 소홀히 할 수 없다. 서비스 정신을 살리면서도 법과 창의성 사이에서 균형을 맞추기란 말처럼 쉽지 않다.

원망 듣기는 쉬워도 칭찬받기는 힘든 직업이 공무원이다. 더군다나 민원이라도 발생할라치면 고심이 깊어진다. 원칙을 지켜야 하는데 이 원칙을 지키자면 다툼이 발생하는 일이 생긴다. 세상 모든 사람들이 원칙만 지켜도 싸움이 일어나지 않을 텐데 더러 반칙을 요구하기도 하고, 혹은 무지(無知)로 인해 우기는 일이 벌어지면 고성이 오가기도 한다.

2017년 3월, 이정미 헌법재판관의 퇴임사 중에 "법의 도리는 처음에는 고통이 따르지만 나중에는 오래도록 이롭다"며 〈한비자〉에 나오는 고사를 인용한 말이 가슴에 와닿았다.

돌이켜보면 아무리 힘들었던 시절이라도 큰 시련 없이 잘 넘겨왔다. 당시에는 고통이라고 여겼어도 지나고 보니 비교적 평온하게 보냈다고 스스로 생각한다. 건강했기에 잘 버틸 수 있었고, 원칙과 소신을 지키려고 애썼기에 무탈하게 공직 생활을 마무리할 수 있었다.

내 의지와 상관없이 세파에 휩싸여 수렁에 빠지는 일 없이 공직을 마칠 수 있어 행운이다. 직장 생활에서 업무가 과중한 것은 어떡하든 넘길 수 있다. 야근을 하든, 밤샘을 하든. 하지만 상사를 잘못 만나면 어찌 해볼 도리가 없다. 이기심으로 무장된 상사를 만나면 지옥이 따로 없다.

넌더리 날 정도로 온갖 사건이 많았어도 비교적 무난한 상사를 만나고, 더러 좋은 상사 덕분에 한 걸음씩 나아갈 수 있었다.

이 책은 지난 40년 동안 이 땅의 여성 공무원으로서 내가 살아온 분투기이다. 말단부터 시작해 용인시 수지구청장을 끝으로 지나온 시간을 기록한 것에 불과하다. 그 과정에서 웃음도 나고, 눈물도 났다.

이 기록을 읽은 내 딸들이 엄마가 세상을 어떻게 바라보고 견뎠는지 알았으면 하는 바람이다. 혹여 인생길을 걷다가 힘에 부칠 때 엄마를 제일 먼저 떠올리고 힘을 낼 수 있다면 더 바랄 게 없겠다.

어느덧 바람이 찬 겨울 문턱에 이르렀다. 이 겨울이

있기에 봄이 아름다울 수 있고, 한여름 초록도 빛나는 것이리라.

2018년 늦가을

저자

차례

5장

공무원으로 산다는 것

1장

돌아보면 짧은 길

남의 속도 모르고

아버지와 함께 걸어서 처음 간 길을 퇴직할 때는 자동차로 혼자 떠났다. 돌아보면 상당히 먼 길인데 떠날 때의 기분은 어제 일만 같다. 아니 벌써, 하듯이 세월이 흘렀다. 처음 예천군 호명면사무소에서 호병계 업무를 보던 일이 엊그제 같은데 용인시 수지구청장을 끝으로 퇴임했다. 세월이 빠르고 짧다는 걸 실감한다.

1975년 4월에 공무원 시험에 합격하고 1년 후인 1976년 4월 1일에 공무원 생활을 시작해 2016년 6월

30일까지 만 40년 3개월을 근무했다. 숫자로 놓고 보니 참으로 긴 시간이다. 9급 말단으로 시작해 간부급인 4급까지 진급해 공직 생활을 마감했다.

사람들은 여자 구청장이면 출세했다고 말한다. 그러면서 꼭 덧붙이는 말이 있다. 남편은 뭐하느냐고.

말하자면 남편 외조 덕에 이만큼 온 것이 아니냐는 눈초리다. 처음에는 이 말에 격한 거부감이 일었다. 고생한 지난 세월이 떠올라 몸이 떨렸다. 외조라니, 당치 않아! 하는 마음이 컸다.

"남편이 아니었으면 그 옛날에 살림하고, 직장 생활하는 게 어디 쉬웠겠어요?"

"그런가요?"

대꾸하면서도 속이 불편하다.

남의 속도 모르고 상대는 계속 주절거린다.

"아이들 키우느라 얼마나 힘들었겠어요?"

그 말이 쓰리고 아린 상처를 스윽, 스치며 통증으로 아파온다. 아이들을 생각하면 눈물이 쏟아질 것만 같다. 아이 키우고, 살림하며 직장 생활을 하느라 생긴 상처가 지금껏 아물지 않고 있었다니.

가부장적인 남편은 집에서 손 하나 까딱이라도 하면 죽는 줄 아는 전형적인 옛날 남정네다. 이런 남자와 사느라 힘들었다. 지금도 힘들다. 그런데 훌륭한 분이라니?

"한국 사회에서 남편의 전폭적인 지원이나 응원이 없으면 여자가 출세하기 힘든 구조죠."

"네에."

상대의 입막음을 하려면 적당히 동조해 주는 시늉이라도 해야 한다.

"직장 생활하는 데 남편이 불안하게 하는 집이 얼마나 많은데요. 시집살이는 또 어떻고요. 그 나이면 시집살이 장난 아니죠."

듣고 보니 불안하게는 하지 않았다. 게다가 일하는 며느리를 못마땅하게 여기는 시집살이도 없었다. 이 점은 다행이라고 억지로 점수를 매겨본다.

남편에 대한 원망이 조금 누그러지려고 한다.

그래, 불안하게 하지 않았지. 일 때문에 늦는다거나 출장으로 집을 비워도 싫은 내색을 하거나, 억지 부리며 괴롭힌 적은? 없었지. 그만하면 된 건가. 그만했기에 일에 몰두할 수 있었나. 내가 정년까지 일할 수 있었던 것도 남편의 묵인 덕분이고 결국 협조라는 말인가. 그랬기에 가능했다는 말인가. 걸림돌만 아니면 고마운 일인가.

생각이 점점 더 복잡해진다. 이런 부분에 대해서 고마운 마음은 저 멀리 사라지고 마뜩잖은 것만 자꾸 셈하게 된다. 언제, 어느 때… 이러면서 곱씹고 원망이 늘어간다. 지금까지도 변함없는 남편의 가부장적인 태도에 내 마음속 응어리는 더욱 단단해진다.

괘념치 말자고 해도 한 공간에서 생활하다 보면 억하심정이 자꾸 커진다. 그런데 여자가 구청장까지 했으면 출세한 거라는, 남편의 외조가 있지 않았겠냐는 말을 들으면 억울하기 짝이 없다. 좋은 점만 생각하자고 가까스로 다잡아보지만 남편에게 고마워해야 하는 마음을 키우기가 쉽지 않다.

부부가 늙으면 서로 측은하게 여긴다더니 요즘 이 말을 실감한다. 평생 원망 가득한 남편이지만 때때로 불쌍해 보인다. 이상하게도 뒷모습이 안쓰럽다. 이 마음이 무슨 마음인지 내 마음인데도 잘 모르겠다. 사람의 마음을 헤아리는 것이 일하는 것보다 더 어렵다. 마음을 정해두는 일이 이렇게 힘든 줄 이제 알았다.

남편 덕에 출세했다! 이 말을 듣는 게 여전히 껄끄럽다. 나의 40년 분투를 들으면 쉽게 그리 말하지 못하리라.

팩트 체크의 중요성

40년 전을 돌아본다. 긴 생머리에 운동화 신고 여고생 같은 모습으로 첫 출근을 한 일이 엊그제처럼 생생한데 지금 이렇게 지난 세월을 떠올리고 있는 내가 낯설게 느껴질 정도다. 강산이 네 번이나 바뀐 세월이라는 사실이 믿기지 않는다. 마음은 그 옛날 오백이 재를 넘을 때와 별반 다르지 않다. 오백이 재는 호명면사무소를 가려면 넘어야 하는 고갯길이다. 산이 깊어 무섭기 때문에 500명은 모여야 넘을 수 있다고 붙여진 이름이다.

예천군 호명면은 집에서 10킬로미터 정도 떨어진 곳이라 자동차로는 얼마 안 걸려도 예천읍에서 버스가 하루 세 번밖에 다니지 않아 교통이 여의치 않았다. 집에서 출퇴근하는 일이 불편해 면사무소 부근에 자취방을 구했다. 말이 자취방이지 부엌도 없는 쪽방이나 다름없었다. 몹시 옹색하고 불편했을 텐데 방 하나를 오롯이 혼자 쓰고, 집에서는 느끼지 못한 독립적인 공간에 만족했다. 필요한 물건을 스스로 사고, 혼자 결정하면서 뭔지 모르게 어른스러운 기분을 만끽했다.

처음 발령받은 호병계는 호적과 주민등록, 병무 업무를 보는 부서다. 우리 집 주소도 한문으로 쓸 줄 모르는 내게 한문투성이 업무가 쉬울 리 없었다. 모르는 한자가 나올 때마다 일일이 물어가며 일했다. 상대가 어찌 생각할지 그런 것은 괘념치 않았다. 천진한 건지, 낯이 두꺼운 건지 모르겠지만 지금 생각하면 얼굴이 화끈거린다. 오히려 윗분들이 '우리 김 양 최고!' 하는 칭찬과 격려가 큰 힘이 되었다(특히 이두영 계장님은 항상 고마운 분으로 기억에 남는다). 여직원이 나 하나뿐이기도 하고, 제일 막내라 배려해 주었던 같다. 직장이라기보다 학교생활의

연장선 같은 분위기였다. 모른다고 무시하지도 야단치는 일도 없어서 스트레스를 모르고 지냈다.

호명면사무소에서 약 3년 8개월간 근무하고 1979년 이웃 면으로 발령이 났다. 유천면은 교통 사정이 좀 나아 집에서 자전거로 출퇴근했다. 유천면으로 떠나기 전에 호명면 마을 어른들을 찾아다니며 인사했다. 그동안 정이 들었고, 무엇보다 마을 분들이 딸처럼 아껴준 곳이라 훌쩍 떠날 수 없었다. 인사 드릴 때마다 "우리 김 양이 여기 올 때는 애기더니 이제 어른이 다 돼서 떠난다"며 아쉬워하셨다.

유천면에서는 회계 업무를 보았다. 당시로서는 여성에게 회계 업무를 맡긴다는 게 파격적인 인사였다. 예천군이 생긴 이래 처음 있는 일이라 여기저기서 우려를 나타냈다. 여자에게 살림을 맡기는 것이 그 시절에는 왜 그리 두려웠을까. 지금도 이 의문은 풀리지 않는다.

70년대는 새마을운동이 한창이던 때라 노랫말처럼 초가지붕을 슬레이트로 바꾸고 골목길도 확장했다. 그때 넓힌 길이 시간이 지나자 곳곳에서 문제가 불거졌다. 도로의 토지는 나라에서 기부 받거나 사들여서 등기 이

전을 해야 했는데 그러지 못한 곳이 많았다. 30~40년 간 도로로 사용하던 땅을 후손이 상속받아 소유권을 주장해 길을 막는 일이 생기고, 법으로 해결하느라 소송도 벌인다.

자신의 땅이라도 옛날에는 이웃과 마을을 위해 선선히 내주었다. 하지만 이제는 서로 모르는 사람들이라 분쟁이 일어나고, 인정보다 법대로 하자는 마음이 앞선다. 그래서 길도 막고, 소송도 벌인다. 강산이 바뀌는 사이에 인심이나 인정도, 개인의 생각과 사회적인 인식도 많이 바뀌었다.

땅 때문에 생긴 사건은 그 후에도 종종 일어났다.

1996년 3월 용인군이 시로 승격할 당시 개발 붐이 한창이어서 그 어느 때보다 일이 많았다. 산업계는 주로 농지와 산지, 건축과 농사와 관련한 일을 하는 부서다. 대부분 법을 준수해야 하는 일이고, 무엇보다 시민의 재산과 직접 관련이 있어 예민하다. 토지개발을 하면 토사가 발생하는데 이때 흙을 버릴 곳이 없다보니 농지에 흙을 몰래 버리는 일이 많았다. 허가를 받지 않고 기존 토지에 30센티미터 이상 복토를 하면 농지 불법 매립이다.

어느 날 이런 문제점을 지적하는 내용이 MBC 9시 뉴스에 나왔다. 대충 건물만 지어놓고 지목 변경을 해서 토지 가격을 인상시킨다는, 전형적인 투기를 질타하는 내용이었다. 마북동 '하늘마을'에서 농지 전용(轉用) 허가를 받아 근린생활 시설 50동을 지었는데 알고 보니 바닥 콘크리트가 들떠 있고 패널 벽에 지붕만 있는 빈 깡통 건물이다. 허가 목적에 맞게 지었는지 공무원이 현장을 확인하지 않고 준공 처리를 해줘서 문제가 됐다. 지목이 농지에서 대지로 바뀌면 땅값이 최소 3배 이상 오르기 때문에 지목 변경을 목적으로 이런 사례가 빈번하게 발생하는 것이다.

기자가 부동산 중개소를 찾아가 "마북동 일대에 농지 전용 허가가 가능한지, 어떻게 하면 허가를 받을 수 있느냐"고 물었다. 이때 부동산에서 "공무원한테 담뱃값만 주면 된다"고 말한 게 문제가 되었다. 편법 전용도 문제지만 그보다는 담뱃값 발언이 더 큰 문제다. 양측 모두 취재하지 않고, 팩트 체크도 없이 뉴스가 나가면 피해자가 생긴다. 이 일로 시와 도에 소명자료를 내고 부동산 업자를 찾아내 검찰에 고발하는 과정에서 검찰 조사를 받기도 했다. 부동산업자는 기자인 줄 모르고 한 건 성사시킬 욕심으로 별 의미 없이 한 말인데 이렇게 문제가 커질 줄 몰랐다며 후회를 했다.

당시 농지 전용 허가를 받으려면 '면 농지관리위원회'의 심의를 거쳐 시에서 허가를 해주었다. 농지관리위원회의 구성원은 주로 이장들이다. 지금도 그렇지만 이장은 공무원 손이 미치지 않는 마을의 온갖 일을 하므로 공무원과는 중요한 파트너다. 여자인 내가 산업계장을 맡았으니 마을 이장들과 친화력이 있어야 해서 식사시간이면 함께 술을 마시기도 하고, 친숙해지려고 고스톱 치는 자리에도 동참해야 했다. 처음에는 근무 중에 이런 일을 하는 게 꺼려졌다.

하지만 어쩌랴. 면장님이 시키는 대로 한 덕에 어색하던 분위기가 많이 부드러워졌다. 나중에 들은 얘기로는 여자가 산업계장이라고 마을 이장들 모두 이장 직책을 그만두겠다면서 반발이 컸다고 한다. 그러면 업무 연결에 어려움이 따른다. 그래서 면장님이 일부러 그런 자리를 마련한 것을 나중에야 알았다. 그날 이후 여자가 어쩌고, 하는 말은 사라졌다.

방석 사건

80년대 초 예천군 유천면에서 회계 업무를 맡았을 때의 일은 지금도 잊을 수 없다. 당시엔 여직원이 처음으로 회계 업무를 맡았다고 우려할 정도로 주목을 받았다. 하기야 공무원 5년차도 안 됐을 때니 주위에서 걱정할 만도 했다. 당시 500만 원 정도의 공사는 입찰에 부치던 시절이다. 당시 내 급여가 5만 원쯤이니 500만원이면 어마어마하게 큰돈이다. 크고 작은 공사도 내 손을 거치고, 면의 살림을 맡았으니 실수라도 하는 날이면 큰일이다. 돈이 지급되는 날이면 손이 부들부들 떨렸다.

정해진 금액으로 면의 살림을 맡는 것은 어찌 보면 여자한테 적합한 업무인지 모르겠다. 아니, 오히려 여자라서 아끼면서 알뜰하게 살림할 수 있다. 한때 은행원이 되고자 했던 나였는데 은행이 아닌 곳에서 숫자를 셈하고 주산 알을 튕기는 업무를 하고 있으니 기분이 묘했다.

지금은 급여를 계좌이체로 하지만 그때는 현금으로 지급했다. 누런 봉투에 10원짜리 잔돈까지 들어 있는 월급 봉투를 일일이 나눠주었다. 이런 날은 직원 부인들이 사무실에 와서 남편의 급여를 받아가는 경우도 더러 있었다. 술과 노름으로 급여를 탕진한 전력이 있는 직원들은 꼼짝없이 봉투를 아내한테 빼앗긴다.

당시에는 공무원뿐만 아니라 산업현장에서도 노름이 큰 사회문제가 되었다. 현찰로 받은 한 달 급여를 하룻밤에 술과 노름으로 다 날려버리는 일도 허다했다. 이런 폐단을 없애려고 공사장 같은 곳에서는 명절을 앞두고 현금 대신 고기를 주기도 한다. 그런데도 노름에 빠진 이들 중에는 공사 현장 부근의 정육점에서 고기를 되팔아 현금을 손에 쥐고 노름판으로 달려간다.

그 무렵 잊혀지지 않는 사건이 있다. 1980년 즈음의 '방석 사건'은 지금 생각해도 얼굴이 화끈거린다.

연초에는 시나 군마다 연두 순시가 있다. 연두 순시를 하면서 면이나 읍의 현황을 보고받는 자리다. 이날은 군수님을 모시고 하는 행사 중에 가장 큰 행사다. 당연히 며칠 전부터 전 직원이 준비한다.

각종 자료를 알기 쉽게 정리한 도표를 만들어 보고하고 설명한다. 민원 사항도 빠짐없이 챙겨서 면의 상황을 한눈에 알 수 있도록 한다. 이것이 중요한 이유는 예산과도 밀접하기 때문에 최선을 다한다. 그에 따른 격식도 갖춰야 해서 준비에 시간이 꽤 걸린다. 우리 면도 뒤지지 않도록 성의를 다해 준비했다.

군수님이 앉을 소파나 테이블, 난로, 물수건까지 세심하게 챙긴다. 군수님이 앉을 방석은 내 것으로 하라고 부면장님이 지시했다. 지금 같으면 방석 정도야 새로 하나 사겠지만 당시는 모든 물자가 풍족한 시절이 아니다. 학창시절 환경미화 심사를 앞둔 것처럼 조금도 허술함이 없도록 만전을 기한다.

갑자기 지명 받은 방석이라 그냥 내놓기 뭐해 펌프로

물을 퍼 올려 세탁을 했다. 방석 커버를 빨고 보니 스펀지도 더러워 보였다. 스펀지도 빨았다. 깨끗하게 빨아 정성을 다했다.

그날 아침 스펀지에 방석 커버를 씌우려는데 좀 묵직한 느낌이 들었다.

"스펀지가 좀 무거워요. 아무래도 덜 마른 것 같은데 괜찮을까요?"

부면장님에게 말하며 울상이 되었다.

"괜찮은데."

손으로 만져본 부면장님의 대답에 안심했다.

한 시간 이상의 긴 보고가 끝났다. 군수님이 의자에서 일어나는데… 아뿔사! 군수님 바지가 젖어 있었다. 소파 양쪽으로 석유난로를 피워 사무실이 따뜻해서 몰랐던 모양이다. 옷이 서서히 젖어들어 군수님도 느끼지 못한 것 같다.

모두 당황하고 나는 그야말로 혼비백산했다. 내 잘못이라 어찌할 바를 몰랐다. 머릿속이 하얘진다는 말을 실감했다. 무작정 밖으로 도망쳐 옆 건물에 있는 농촌지도소로 가서 엉엉 울었다. 어린 마음에 어찌나 민망한지 마음이 괴로웠다. 차라리 야단을 맞았으면 좀 나았을까(지금은 고인이 되신 박정수 면장님, 그리고 남윤조 부면장님, 정말 죄송했어요).

2006년 무렵, 당시 젊은 방석의 주인공이었던 군수님의 조카와 우연히 이야기를 나누게 되었다. 군수님이 용인에서 가까운 성남 구미동에 사신다는 말을 듣고 당장 찾아뵈었다. 20대에 겪은 일로 50대에 찾아뵙게 되었다. 숨어서 혼자 엉엉 울던 소녀를 기억하고 계실까. 두근거리는 마음으로 발걸음을 했다.

바쁠 텐데 뭐 하러 여기까지 왔느냐고 하면서도 군수님은 반기셨다. 사모님은 그때 일을 두고 잘하려고 한 일인데, 하면서 가족 모임에 가끔 그 이야기가 나와서 기억하고 있단다(2017년에 아흔을 넘기신 김석종 전 군수님이 늘 건강하시길 빈다). 안타깝게도 사모님은 몇 년 전에 작고하셨다. 자주 인사드리지는 못해도 여러 경로로 소식을 듣기도 하고, 가끔이지만 통화도 한다. 또 선배인 아드님을 통해 이따금 안부를 듣는다.

1981년 유천면에서 예천읍사무소로 발령 났다. 그곳에서는 주민등록 업무를 담당했다. 주민등록증 제도가 시행된 것은 1962년 5월 주민등록법을 제정, 공포해 시행하면서부터인데 1968년에 처음으로 주민등록증을 발급했다. 현재 사용하고 있는 주민등록 번호는 1975년도에 시작해 그해부터 전 국민을 대상으로 주민등록증을 갱신했다.

그 후 1983년에 2차 주민등록증 갱신 작업을 했는데 그때 나는 담당자로 일했다. 처음 해보는 일이라 무척 힘들었다. 마을로 출장 가서 발급하고, 매일매일 보고하느라 몸이 버텨내지 못했다. 야근을 해도 업무는 끝날 기미가 보이지 않았다. 급기야 과로로 조퇴하는 상황까지 갔다.

조퇴한 이튿날 출근하니 읍장님께서 "콩나물 시루가 복잡해도 누워서 크는 놈이 있지?" 하며 격려의 말을 건넸다. 무릇 콩나물은 서서 자라야 하는데 누워서 자라는 것은 어딘지 동떨어진 콩나물이다. 좋게 말하면 여유가 있어야 한다는 말이고, 나쁘게 말하면 놀고먹어도 큰다는 뜻으로도 쓰는 속담이다.

과중한 업무로 쓰러지기 일보 직전인데도 자기 업무가 아니라고 시간만 되면 칼퇴근하는 동료도 있었다. 이

때의 경험으로 직원들의 협동이 중요함을 깨달았다. 이후로 공직 생활을 하면서 가장 중요한 덕목 중의 하나로 가슴에 새겼다. 업무량이 많을 때 함께 고생한 직원들은 이미 전우애로 결속된다. 그래서 팀워크가 무엇보다 중요하다.

그런 의미에서 부서의 일은 조금 많다 싶은 것이 좋다고 생각한다. 아무래도 생사고락을 함께 나누면 정이 더 두터워지고 끈끈해진다. 이런 과정을 통해 개인의 면면도 드러난다. 힘들고 어려운 일을 같이 해결해나가면서 인연도, 사명감도 생긴다.

노점 단속의 괴로움

인생은 하나씩 경험하면서 깨달아간다. 그러면서 성공과 실패를 통해 자신이 앞으로 나아갈 길을 선택한다. 미리 정해진 길이 없기에 난관에 부닥쳐 어려움을 겪으며 알지 못하는 인생길을 더듬어 나간다. 때론 내달리기도 하면서 보람과 시련을 맛본다. 그런 의미에서 공무원이라고 꽃길만 있는 게 아니다. 때로는 예기치 못한 일로 시련과 마주할 때도 있고, 맞서 싸울 때도 있다. 때를 기다리느라 잠시 물러서기도 한다.

1987년에 7급으로 승진하여 용인읍으로 발령받았다. 인감 발급 담당자로 하루에 200여 건의 인감을 발급했다. 인감 1통에 12번이나 도장을 찍어야 해서 나중에는 팔이 견뎌낼 수가 없을 정도로 통증이 심했다. 이후로 오른팔은 계절에 상관없이 시리고 아프다. 산업재해나 다름없어도 그 시절은 이런 생각조차 하지 못했다. 공무원 중에는 이처럼 같은 일을 반복해서 생긴 병으로 고통받는 이들도 꽤 있으리라.

인감은 주로 재산과 직접 연관이 있기에 항상 긴장 속에서 일할 수밖에 없다. 형제나 쌍둥이는 구별이 쉽지 않아서 본인 확인 시 돌발적인 질문을 해서 진위를 가리기도 한다. 당시 인감 사고는 대개 친인척이나 형제 사이에서 발생하는 경우가 흔했다. 지금이야 인감을 떼려면 엄지를 지문 등록기에 대고 본인 여부를 그 자리에서 바로 확인하기 때문에 실수할 일이 없다. 하지만 당시에는 오로지 담당자의 눈으로 진짜와 가짜를 가려야 했다.

그렇게 조심했어도 인감 발급 건으로 두 번 검찰에 불려 간 적이 있다. 본인이 직접 인감증명을 발급해 가고도 문제가 생기자 그런 사실이 없다고 우긴 사건이다.

사실이 밝혀져 무사히 넘겼지만 가슴을 쓸어내렸다. 당시 인감 사고는 주로 가족 간에 벌어지고, 간혹 민원인과 친분이 있는 담당자가 믿고 내주었다가 곤욕을 치르기도 하고 사표를 내기도 한다.

1998년 12월 기흥읍 개발과장으로 발령 났을 때의 일이다. IMF 사태 이후 우리 사회에서는 명예퇴직이라는 새로운 신조어가 탄생했다. 다니던 회사에서 명예퇴직을 당해 하루아침에 노숙자가 되는가 하면, 출근하는 척 집을 나와서 하루 종일 공원이나 길거리를 배회하다 퇴근한 듯이 집으로 돌아가는 일이 사회적 이슈가 되던 시기다.

이런 불안한 시기에 계장과 같은 6급이지만 개발과장으로 발령이 났으니 참으로 감사했다. 고마움도 잠깐, 노점상 단속이 제일 괴로웠다. 공무원으로서 법집행을 해야 하지만 먹고사는 서민들 일터를 단속하는 일이 마음을 무겁게 했다. 단언컨대 공무원으로서 가장 괴롭고 불편한 일이 노점상 단속이다.

단속을 하던 중 어묵 파는 아주머니가 끓는 국물을 바가지에 담아서 던지기도 한다. 신갈 오거리 고속도로 아래에서는 험상궂은 과일장사 아저씨와 실랑이를 벌인 적도 있다. 전국 노점상 연합회에서 읍장실을 점거하여 경찰이 출동하기도 하고, 장애인이 운영하던 노점상이 없었음에도 휠체어 탄 장애인들이 단체로 몰려와 장애자로 만들어버리겠다고 협박하는 일도 있었다. 그 어떤 일보다 사투가 끊이지 않았다.

어느 날 밤, 길가의 포장마차를 청소차에 실어서 적환장(매립장에 가기 전에 쓰레기를 임시로 모아 두는 곳)으로 옮기느라 바빴다. 또 하천 둔치에 있는 포장마차에 대한 민원이 끊이질 않아 궁여지책으로 청소차 박스에 쓰레기를 가득 담아서 포장마차 옆에 갖다 놓은 일도 있다. 힘들고 고달픈 만큼 슬픈 기억으로 남았다.

2009년 6월 4급 서기관으로 승진해 정보문화기획단장으로 발령받았다. 공무원 생활을 한 지 30여 년이 지나 어느덧 53살이 되었다. 정보문화기획단은 도서관과 여성회관, 공연예술 업무를 관장한다. 여러 부서를 돌며 일했어도 처음 발령을 받으면 항상 긴장한다.

어느 날 공연예술과 사무실에 갔는데 시끄러웠다. 다섯 명의 중년 여성들인데 여성회관에 소속된 합창단 단원들로 모두 아는 얼굴이다. 합창단을 해단한 것에 불만을 품고 내가 여성회관 관장 재직 시에 비리가 있었다는 분위기를 풍기며 항의하느라 시끄러웠음을 알았다. 일하면서 마음에 걸리는 부분이 없기에 의연하기도 하고, 무엇보다 떳떳했다.

그런데 여기에서 그치지 않고 여러 곳에 쑤시고 다니며 비리가 있다고 떠든 뒤에 공연예술과 사무실로 와서 드잡이하려는 기세임을 알았다. 이뿐만이 아니라 수원남부경찰서에 억측으로 제보해 골탕 먹이려고 들었다. 이 지경에 이르자 기가 막히고 사람이 징그러웠다. 제보의 전말은 이랬다.

김장때면 고향 예천에서 김장을 해오기 때문에 늘 넉넉하다. 간혹 지인이 김장 김치를 주면 다른 이와 나눈다. 아내와 딸이 외국에 나가 있어 혼자 사는 직원에게 김장 김치를 나눠준 적이 있는데 이것까지 꼬투리 삼아 관계가 수상하다, 돈 거래가 의심된다고 억지를 부렸다.

경찰서에서 처음에는 조사할 게 있다더니 감감무소식이라 내 쪽에서 연락했다. 이런 정도의 제보로는 조사할 내용이 되지 않는다고 하는데도 조사받겠다고 했다.

조사를 받으면 내가 생각하는 의심의 실마리가 풀릴 것 같아서다. 아무한테도 말하지 않고 혼자 갔다. 담당 경찰관이 서류를 꺼내 보이면서 굳이 조사받을 필요가 없는데… 라며 말을 흐렸다. 그러면서 객지에 와서 선두주자로 있다 보니 오죽하겠느냐고 위로의 말을 건네는데 그 말이 마음을 울렸다.

처음 용인에 발령받고 낯설어서 한동안 마음 고생했던 일이 떠올라 가슴이 먹먹해졌다.

복잡하고 미묘한 심경으로 집으로 돌아왔다. 내게 김치를 받은 직원은 조사 과정에서 통장 사본까지 요구받았다는 걸 나중에 알았다.

시에서 예산을 받아 활동하는 단체는 후원을 받아 나날이 발전하는 단체가 있는가 하면, 시간이 지나면서 변질하는 경우도 있다. 그 합창단은 다른 단체보다 큰 혜택을 누리면서도 요구 사항이 점점 더 늘어났다. 연간 예산이 5천만 원 정도인데 다른 단체와 형평성을 고려해 예산 편성을 하지 않았더니 억측 음해로 모략한 것이다.

이미 조사도 받고 다 끝난 일인데 끈질기게 굴며 시청까지 찾아와서 시끄럽게 했다. 이런 일에 휘말린 것이 창피하기도 하고, 아무래도 근본 원인을 찾아야겠다는 생각이 들어 고소장을 작성했다. 아무리 떳떳한 일이라도 난생 처음 하는 일이라 호흡이 거칠어지고 손이 부들부들 떨렸다. 혼자라서 외롭기도 하고 말할 수 없이 괴로웠다. 나도 모르게 눈물이 고였다.

막상 검찰에 고소장을 내려니 망설여졌다. 아무래도 남편과 큰댁에는 알리고 제출해야 할 것 같아 공무원인 시아주버니에게 고소장을 보이며 간략하게 내용을 설명했다. 진정하려고 해도 목소리가 떨렸다. 시아주버니가 서류를 보고는 한참 만에야 입을 열었다. 용서하세요, 하고 고소장을 내 앞으로 되밀었다.

내가 선뜻 대답을 못하고 있으니 다시 용서해주라며, 정 용서가 되지 않으면 당사자들에게 고소하겠다는 것을 알리고 제출하란다.

아니, 용서를 빌어야 용서하는 거 아닌가. 시아주버니가 나만큼 분개했으면 분이 풀렸을까. 며칠 동안 고민하다가 시아주버니 충고대로 접었다.

업무를 하다보면 본의 아니게 구설수에 휘말릴 때가 생긴다. 당시에는 괴로워도 자신을 믿고 견디면 시간이 지나 오해가 풀리기도 하고, 좋은 경험이라 생각할 여유도 생긴다. 과거에 대해 만약이라는 가정을 해봤자 소용없지만 그때 참지 않고 고소를 했다면 어찌 됐을까. 그때 힘들었어도 잘 참았다고 스스로 격려한다.

원칙 때문에 생긴 일

공무원을 일컫는 말 중에 복지부동, 철밥통이라고 폄하하는 말보다 더 끔찍한 것은 '영혼이 없는 집단'이라는 질타의 말이다. 오죽하면 이런 말이 나왔을까 싶지만 듣는 공무원은 몹시 통탄할 말이다. 물론 공무원도 사람이라 각종 사건 사고도 있고 범죄에 연루되기도 한다. 순간적인 실수도 있을 테고, 판단을 잘못해 우를 범하기도 한다.

그렇다고 싸잡아 영혼이 없다고 매도하면 열심히 일

한 공무원은 억울하기 짝이 없다. 사람이 하는 일에 실수가 전혀 없을 수 없고, 때로는 판단을 잘못해 일을 그르치기도 할 것이다. 그럴 때마다 그 사람이 속한 집단 전체를 싸잡아 욕한다면 어느 집단이든 쉽게 수긍하지 못한다.

처음에는 주어진 일에 열중하고 세월이 지나 중간 관리자가 되면 업무에 따라 고민하는 일이 생긴다. 이럴 때는 항상 원칙을 지키려고 노력했다. 누구에게나 공평하게 원칙을 지켜 일하겠다는 각오를 다지면 처음은 어려워도 그 다음부터는 수월해진다는 것이 내 믿음이다. 하지만 원칙을 지키는 일이 생각만큼 쉽지 않을 때가 있다.

원칙대로 해서 공격의 대상이 되기도 하고, 더러 손해도 본다. 지금도 이 마음에는 변함이 없다. 원칙을 한 번 어기게 되면 나중에는 걷잡을 수 없는 격랑을 만나게 되는 건 말할 필요도 없다. 그렇게 되면 자신은 물론이고 조직 전체에 해를 끼칠 수도 있기 때문에 심사숙고해야 한다.

몇 년 전에 나를 일컬어 "그년이 산업계장하는 동안에는 허가받을 생각을 하지 말라"고 어떤 이가 했다는 말을 전해 듣고 쓴웃음이 나왔다. 이 정도로 욕 들을 만큼 융통성 없이 일하지 않았기에 어이가 없었다. 그럼에도 말이라는 것이 귀로 들어와 때때로 심장을 흔들어댄다.

기본을 벗어나지 않는 범주에서 긍정적으로 해결하려고 애썼는데 돌아오는 답은 이렇게 억울할 때도 있다. 내가 없는 자리에서 나를 지칭해 거침없이 '년'이라고 한 것보다 '허가받을 생각을 하지 말라'는 말이 귀에 거슬렸다. 그래도 내 자신이 떳떳하면 웃어넘길 수 있는 일이다. 오히려 입에 발린 칭찬을 받고 심장이 조마조마한 것보다 백번 낫다.

농지를 취득하고 농사를 짓지 않으면 처분 대상이다. 농지는 농사를 지을 목적으로만 취득해야 한다. 하지만 예전이나 지금이나 오로지 투기 목적으로 취득하는 일이 흔히 있다. 취득일부터 5년 동안 실제 경작 유무를 관리하기 때문에 5년치 농지 500여 필지를 전수 조사했다. 지도에 색칠까지 해가며 직접 현장 확인을 하고 사진을 찍었다. 형식적으로 흉내를 낸 농지는 파종한 작물을 일일이 헤아렸다.

이 작업으로 용인군 구성면은 번지수만 들어도 대충

어디인지 장소를 훤히 알 수 있었다. 엄청난 처분 대상 농지를 파악해 보고했다. 처분 받은 사람들이 시청에 와서 보이는 태도는 다양했다. 큰소리를 내며 압력을 행사하려는 사람부터 무조건 허리를 굽혀 읍소하는 사람까지 제각각이다. 그들을 일일이 상대하려니 몹시 힘들고 지쳤다.

하루는 젊은 남자가 서류 봉투를 들고 찾아왔다.

"산업계장이 누구요!"

"전데요."

용건을 말하지 않고 혼잣말처럼 중얼거린다.

"산업계장이 여자라서…."

여자라는 말에 나도 모르게 발끈했다.

"나도 술 잘 먹거든요?"

젊은이가 내뱉은 말도 어이없고, 대뜸 나온 내 말도 어이없기는 마찬가지다. 아마 그동안 은근히 스트레스를 받은 모양이다. 그렇지 않고서야 대뜸 술 먹는 이야기가 왜 튀어나왔을까. 더군다나 잘 먹다니? 나 혼자 웃음이 나왔다. 결국 남자는 불편한 심기를 내보이고 돌아가 다시 오지 않았다.

한 번은 농지를 경락 받은 민원인이 농지취득증명서를 발급 받으러 왔다. 지금의 보정역 뒤편 기흥장애인복지관 주변이다. 현장 확인 결과 모래와 자갈 같은 골재가 쌓여 있다. 골재를 치우지 않으면 처분 대상 농지가 되므로 골재를 치워야 한다고 담당자가 말했다. 그랬더니 돈이 얼마가 왔다갔다하는지 아느냐고 소리치면서 민원대로 뛰어오르려 했다.

순간 담당자와 부딪히면 사고가 날 것 같았다.

“돈은 네 사정이야!”

소리치며 민원인을 막았다.

실랑이를 벌이는 사이 남자가 내 팔을 너무 꽉 잡는 바람에 시퍼런 멍이 들 정도였다. 자세한 설명을 들으려 하지 않고 이렇게 성질부터 내는 사람에게는 방법도 이유도 알려줄 기회가 없다.

어느 날은 어르신 한 분이 오시더니 가타부타 말 대신 봉투를 책상 위에 던진다. 무엇이냐고 묻자 읽어보란다. 발신인이 수원지방검찰청이다.

아! 짐작 가는 사안이다.

‘농지법 위반, 벌금 300만 원’이 눈에 들어왔다. 내 잘

못이 아니지만 순간적으로 어떻게 해야 하나, 짧은 순간 고민하다가 잘 보았다고 하고 통지서를 돌려드렸다. 어르신은 아무런 말씀도 하지 않고 그냥 돌아갔다. 차라리 원망이라도 하시지.

건축업자들은 흙 버릴 곳이 없어 더러 땅주인한테 돈을 주고 농지에 흙을 버리기도 한다. 평생 농사만 짓던 분이 돈 받고 농지 매립을 하다가 벌금 처분을 받았으니 그 심정이 오죽하겠는가. 지금도 마찬가지겠지만 어르신들은 검찰청에서 벌금 통지서를 받는다는 것 자체를 받아들이지 못한다. 내 땅 내 맘대로 했는데 왜 벌금을 내야 하는지, 또 한편으로는 벌금 내는 것만으로도 전과자가 된다고 생각하기 때문이다.

한동안 마음이 쓰였다. 당연히 내가 할 일이지만 어르신 가슴에 못을 박았다는 생각이 떠나지 않았다.

그렇게 원칙대로 일했어도 두 번의 훈계장을 받았다. 1998년 2월, 7월 두 건 모두 농지 불법매립 관련이다. 중앙 부처가 농지 불법 관련 점검 때 적발한 내용을 시에 보낸 것이다. 훈계장은 앞으로 잘하라는, 일종의 주의를 준 것이다.

감사관실에서 공문과 함께 훈계장이 왔는데 총무계장이 당황스러워한다. 이상한 예감이 들어 뭐냐고 물었더니 슬그머니 감춘다. 빼앗아 보니 나에게 온 훈계장이다. 짐짓 쿨한 척하며 '액자에 넣어서 가지고 오시죠' 했다. 내 말에 모두 웃었다. 수많은 일 중에 2건밖에 없다고 긍정적으로 생각했다. 그것조차도 아쉽지만 더 잘하라는 훈장으로 받아들였다.

구성면에서는 재무계장, 산업계장, 복지계장, 총무계장까지 두루 거쳤다. 읍면에서 하는 업무는 모두 경험해 봤으니 좋은 기회이고, 이후의 업무에 좋은 밑거름이 되었다.(김동해 면장님, 좋은 기회를 주셔서 고맙습니다.)

2장

/

인생은 안개처럼

아버지의 꿈, 딸의 꿈

어린 시절을 돌아보면 새삼스럽다. 내게도 장래 희망이나 꿈이란 게 있었나 싶다. 학생생활 조사서에 선생님이라고 쓴 기억은 있다. 초등학생 때는 선생님이 가장 훌륭하고 멋진 사람으로 생각했다. 지금처럼 정보가 다양하지 않아서 어릴 때는 누구나 선생님이 우상이다. 하지만 학생생활 조사서에 적는 장래 희망은 그때만 의미가 있을 뿐. 그 희망과 꿈을 위해 무엇을 해야 하는지 알지 못한다.

알지 못할 뿐만 아니라 그 누구도 초등학교 시절 장래 희망 란에 써낸 것에 큰 의미를 두지 않는다. 스치는 바람처럼 하나의 통과의례로 지나치고 만다. 그렇게 선생님은 꽤 오랫동안 나의 장래 희망에 올랐다. 그러고 나면 그저 밥 먹고, 학교 다니고, 흙먼지 날리며 천진하게 뛰놀던 날만이 기억될 뿐이다. 아이들 세계는 단순해서 즐거우면 웃고, 땀투성이로 뛰어놀다 해질녘이면 집으로 돌아간다. 가족들과 밥상에 둘러앉아 저녁 먹고 나면 하루가 끝난다. 걱정 하나 없이 온종일 보낸 얼굴로 잠들며 하루를 마감한다. 특별한 꿈도 이렇다 할 고민도 없던 시절이다.

지금 생각하니 아버지의 꿈은 무엇이었는지 궁금하다. 그동안 한 번도 해보지 못했던 생각이다. 아버지도 꿈이 있으셨겠지. 그 꿈이 무엇이든 이루지 못하고 평생 가족을 위해 고생하시다 생을 마감한 것만은 안다. 지금도 농사는 힘든 일인데 당시에 변변한 장비도 없이 하늘만 바라보고 얼마나 힘드셨을까.

그래도 7남매 굶기지 않으려고 애쓴 세월은 정말 고마운 일이다. 7남매 중에 나는 넷째다. 위로 언니 셋과 아래로 남동생 하나와 여동생 둘이 있다. 6녀 1남이다. 먹고살기도 힘든 살림에 아이들마저 올망졸망하다보니 딸과 아들 차별도 당연할 터인데도 우리 집은 상처가 될 정도로 심하지 않았다.

남동생 밥그릇에 딸들보다 보리를 적게 담는 정도라 상처랄 것도 없었다. 무난한 내 성격도 한몫했을 테고, 무엇보다 그 시절은 남존여비가 일상적이고 자연스러워서 문제로 여기지 못한 이유도 있다. 또 시골에서 살았기 때문에 다 그만그만한 가정 형편이어서 누군가와 비교해서 박탈감을 느낄 환경도 그다지 없었다.

대부분 농사를 지었기에 농사철이면 어릴 때부터 부모 따라 일을 돕고, 여자아이들도 산에 나무를 하러 다녔다. 온 가족이 아이를 키우고, 큰아이가 작은아이를 돌보며 자랐다. 아픈 데 없이 자라고 끼니를 굶지 않는 것만으로도 얼마나 큰일이고 중요한 일인지 어린 나이에도 어렴풋이 깨달았다.

아버지는 내게 어떤 꿈을 갖고 있었는지 궁금하다. 나도 가정을 이루고 아이들을 보면서 자주 부모님을 생각한다. 모든 부모는 자식에 대해 기대를 갖는다. 짐작컨대 아버지도 내게 기대랄까, 바람이 있었으리라.

내가 공무원이 된 것은 아버지 덕분이다. 공무원 시험이 있으니 한번 응시해 보라는 말이 없었으면 알지 못했을 길이다.

초등학교 때 공부를 곧잘 해서 예천여자중학교에 우수한 성적으로 합격했다. 그 무렵에는 형편이 조금 나아져 중학교에 다닐 수 있었다. 마을에는 초등학교만 마치고 집안일을 돕는 친구들이 더 많았다. 4개 자연 부락이 모인 왕신리에는 초등학교 동창이 50여 명인데 그중 중학교에 진학한 친구는 남학생이 8명, 여학생은 3명에 불과했다.

다행히 우리 부모님은 여자라고 공부를 못 하게 막지 않았다. 형편이 되면 진학하고, 그렇지 못하면 학업을 접어야 했다. 돌이켜보니 당시 진학하지 못한 친구들의 마음은 어땠을까. 가슴 아픈 과거사다. 중학생이 되었어도 농사철에 농사일을 돕는 건 여전하고 산에 나무 하러 다니는 일도 꾸준했다.

어느 결엔가 나의 꿈은 여상에 진학해 은행원이 되는 것으로 바뀌었다. 꿈이라기보다 나름대로 궁리한 결과

다. 장래 취업을 염두에 둔 결정이었을 것이다. 가정 형편이 어려우니 여자상업고등학교에 진학해 은행원이 되어야겠다고 다짐했다. 대학에 가고 싶다거나, 꼭 가야겠다는 생각은 하지 못했다.

당시 집안 형편이 넉넉하지 못한 학생들은 자연스럽게 주산과 부기를 가르치는 상업고교에 진학했다. 일찍 철이 든 것도 아니면서 대학 진학보다는 취직해야겠다는 생각을 당연하게 했다. 당시에는 초등학교에서 주산을 배워서 중학교 2학년 때는 주산 3급 시험에 합격했다. 1급부터 7급까지 있으니 3급이면 중간 정도다.

내가 중학교에 다니던 1970년대만 하더라도 '전 국민 주산 3급 이상 따기 운동'이 벌어지던 시기다. 상업고교의 경우는 주산 유단자 학생이 몇 명인가로 평가했다. 주산만 잘하면 은행과 일반 회사에 어렵지 않게 취직했다. 집집마다 주판이 하나씩 있던 시절이고, 시장이나 은행에서도 흔히 사용하고 있었다. 1980년대만 해도 두뇌개발에 좋다고 알려져 동네마다 주산학원이 인기를 끌던 시절이었다.

서울여상을 목표로 열심히 공부했지만 실력이 모자

라 대구여상에 원서를 냈다. 아버지가 교감 선생님과 진학 상담을 하는 과정에서 여자아이를 큰 도시로 혼자 보내는 것이 우려된다며 예천여고를 권해 진로가 바뀌었다. 우체국에 가서 대구여상에 낸 원서를 찾아와 예천여고로 원서를 바꿔 써냈다. 생각지도 못한 진로 변경에도 특별한 감흥은 없었다.

그 덕에 공무원의 길을 걸었으니 교감 선생님의 말 한마디로 인생이 바뀐 셈이다. 잠시 꿈꾸었던 은행원도 흐지부지되었다. 등록금을 낼 형편이 아니어서 대학 진학은 꿈도 꾸지 못했다. 지금은 없어진 국립 안동교대 외에 다른 대학은 바라볼 수 없었다. 이마저도 실력이 되지 못해 고등학교 졸업으로 학업을 마쳤다.

그렇다고 무슨 불만이나 원망, 아쉬움을 가슴에 품지 않았다. 우리 학교에서 3명 정도가 대학에 진학했을 뿐이라 어떤 위화감도 없었다. 당시 분위기는 시골에서 여자아이를 고등학교까지 보내는 일도 흔치 않았다.

만일 그때 여상이나 교대에 진학했더라면 지금 나는 어떤 모습일까, 가끔 상상해본다.

인생길에 어느 하나 쉽고 영광스러운 꽃길이 있을까

마는 퇴직하고 나니 비로소 지난 시간을 돌아보게 된다.
요즘 좋아하는 노래 가사가 마음에 와 닿는다.

'옳은 길 따위는 없어. 내가 택한 이 길이 나의 길….'

그 어미에 그 딸

엄마 때문에 속상할 때마다 '나는 엄마 속 썩인 적이 없는데…' 하는 마음을 지울 수 없다. 속 썩인 적은 고사하고 걱정을 끼친 적도 없다고 장담할 수 있다. 그런데 엄마는 왜 이다지 자식들이 걱정할 정도로 고집을 부리는지 답답한 심정이 스친다. 자식 중에 엄마 고집을 꺾을 사람이 있을까. 속상할 때마다 마음을 어디에 붙들어 매야 할지 모르겠다.

평생 농사짓느라 고생했으니 이제는 그만 쉬셨으면

하는 바람이다. 여행 다니며 즐겁게 여생을 보내길 바라 말을 건네 보지만 어림도 없다. 앞으로 남은 생 역시 끝까지 일만 하다 가실 생각이 뻔하다.

농사일은 힘센 장정에게도 힘들다. 그래서 농사철이면 힘든 밭일을 하는 엄마를 도울 생각으로 며칠씩 시골집에 묵으며 손을 보탠다.

밭일은 해도 해도 끝이 없다. 이것만, 요기만, 하다보면 뜨거운 햇볕에 온몸은 불덩이고 땀투성이다. 허리는 끊어질 듯 아프다. 그래도 좋은 점 하나는 일에 몰두하면 잡생각이 싹 달아난다. 내 손길이 지난 곳마다 무럭무럭 커가는 채소를 바라보는 마음도 뿌듯하다. 그래도 이 힘든 일을 아흔을 바라보는 엄마 혼자 계속 한다고 생각하면 마음이 무거워진다.

엄마는 한시도 쉴 생각을 하지 않는다. 아버지도 돌아가시기 전까지 그리 살다 가셨으니 말해 뭐하겠는가. 평생 살아온 곳을 어찌 떠날 수 있을까, 하고 이해하려는 마음이 들다가도 저러다 뭔 일이라도 나면 어쩌시려고 하는 생각이 원망으로 옮겨간다. 엄마만 생각하면 이랬다저랬다 변덕이 이는 마음을 어쩔 수가 없다.

퇴직한 뒤에는 고향에 계신 엄마를 도와 예천을 오가며 농사를 거들었다. 댓바람에 예천을 다녀온 날이면 기진맥진해 널브러지기 일쑤다. 예전처럼 쌩쌩하지 못한 내 모습에 스스로 마음이 짠하다. 나도 이제는 농사일이 힘에 부친다. 그렇다고 엄마 고집대로 그냥 놔둘 수도 없다. 한 해 한 해 연세가 들수록 걱정도 늘어만 간다.

내내 마음 쓰여 하다가 작정하고 말을 건네면 돌아오는 답은 한결같다. "아파트에 가서 뭐하겠노, 여기서 지내는 게 좋다"는 말씀만 하신다. 그러다가 결국 일을 내셨다. 넘어지는 바람에 골반을 크게 다친 것이다. 고령이라 수술도 못하고, 옴짝달싹 못하는 처지가 되었다. 움직일 수 없으니 얼마나 힘들고, 통증은 또 얼마나 클까.

이 경황에도 당신 몸보다 채소밭 걱정만 하신다. 게다가 안정을 취해야 함에도 병원비 많이 나온다고 극구 집으로 가셨다. 엄마 고집은 아무도 못 꺾는다. 할 수 없이 내가 나섰다. 햇볕 뜨겁기 전에 밭에 난 풀을 뽑고, 물도 줘야 하고, 거름을 주려면 새벽부터 서둘러야 한다. 왕복 세 시간이나 운전하는 일도 밭일만큼 고되다.

간병인이 드나들고 마을 분들이 도운 덕에 엄마는 조금씩 나아져 겨우 혼자 움직일 정도가 되었다. 그래도 밭일은 무리다. 이번 기회에 엄마를 아파트로 모시든가, 정 안되면 집이라도 새로 지어 살기 편하게 해드렸으면 하는데 엄마는 고집을 꺾을 틈도 주지 않는다. 당신이 살던 터전 밖으로는 한 발짝도 나갈 생각이 없다는 것만 다시금 확인했다.

"내가 살면 얼마를 산다고 이런 시골에 집을 짓느냐"며 한사코 거절하셨다. "나 죽으면 아무도 여기 와서 살지도 않을 텐데, 필요 없다"는 엄마를 설득하는 일이 쉽지 않았다. 엄마가 이 세상에 계시지 않는 고향을 떠올리는 일은 상상만으로도 울컥했다. 그렇다고 물러설 수도 없었다.

집이 있어야 우리들이 가끔 이곳에서 모일 수 있고, 또 상황에 따라서 누구라도 와서 살 수 있지 않겠느냐고 설득했다. 지금 이 상태라면 엄마 돌아가시고 난 뒤 자식들이 함께하는 일이 없을 거라고 반 협박조로 말했다. 그러자 당신이 안 계셔도 자식들은 우애 있게 지내길 바랐는지 마지못해 허락하셨다.

"그럼 엄마 집 지을 동안만이라도 아파트에 와 계셔요."

"어디, 난 여기 있을 거라."

"여기 어디 계신다는 거예요."

"뭐, 컨테이너 하나 있으면 되지."

"그거 빌리는 데 얼마나 비싼데요."

"비싸믄 얼마나 비싸다꼬, 내는 그기 편하다."

"한 달에 100만원이나 해요."

"뭐? 그라믄 내가 좀 보태도 되고."

거짓부렁으로 엄포를 해도 소용없었다.

집을 새로 짓는 일도 만만치 않았다. 포항에 사는 둘째 형부가 총책임을 맡아 우여곡절 끝에 완공해 무사히 입주를 마쳤다. 마침 엄마의 88세 미수를 맞아 이웃주민 30여 명을 초대해 집들이 겸 잔치를 했다. 무엇보다 무척 기뻐하는 엄마의 표정을 보며 이제야 자식 된 도리를 한 것 같아 가슴이 뿌듯했다. 안부 전화를 드리면 너희들 덕에 내가 편하다고, 고맙다는 말씀을 하신다.

뜨뜻한 물도 잘 나오고, 춥지도 않다며 좋아하시는 목소리를 듣는다. 이럴 때마다 죄송한 마음과 함께 진작

해드렸어야 했다고 생각한다. 우리야말로 엄마 덕분에 이만큼 먹고 사는데, 자식들한테 당연히 받으셔야지, 하는 마음이다. 부모는 자식에게 생명을 주고도, 이제 자신의 인생까지 주려고 한다는 척 팔라닉의 말이 떠오른다.

이 과정을 거치면서 내게 엄마라 부르는 두 아이가 떠올랐다. 나도 아이들한테는 그 어미에 그 딸로 고집쟁이 엄마가 아닐까. 어쩌면… 하다가 고개를 저었다. 딸아이들에게 걱정 끼칠 일은 애초에 만들지 않았다고 생각한다. 앞으로도 그럴 것이다. 내 엄마처럼 평생 밭일하며 살지 않을 테니까. 노후를 그렇게 일만 하면서 자식들 마음이 애절해지도록 보내지 않을 거니까.

그래도 마음이 편치 않다. 그동안 직장생활하면서 '김남숙 고집을 누가 꺾어'라는 말도 들어온 터라 은근히 마음 쓰인다. 아이들이 엄마를 어떻게 생각하고 있는지 뒤늦게 궁금해진다.

바라건대 엄마를 떠올리면 든든하다고 여기면 좋겠다. 적어도 애처롭거나 속상하지 않았으면 좋겠다.

결혼 유감

내 나이 서른 무렵. 자유롭게 지내며 직장생활에도 재미를 붙이고 아무런 걱정이 없었다. 그 시절을 떠올리면 자연스럽게 입가에 미소가 머금어진다. 그 어느 때보다 좋은 시절. 돌아갈 수 없기에 더 아련하다. 나이 서른이라고 해도 화장기 없는 수수한 모습이라 나이를 잊고 지냈다.

하루는 엄마가 밤에 잠이 깨면 내 걱정에 다시 잠을 이루지 못한다고 말씀하셨다. 지나가듯이 던진 말이 가슴에 박혔다. 한 번도 걱정 끼치지 않은 착한 딸이라고 자부했는데 엄마의 한 마디가 마음을 무겁게 했다. 시골이라 당시만 해도 서른이면 노처녀 취급을 받았다. 주위에서 수군거리는 말이 엄마 귀에까지 들어간 모양이다.

주변에서 맞선을 소개해도 별다른 감흥이 없었다. 사실 결혼해야겠다는 생각도, 결혼하지 않겠다는 생각도 뚜렷이 없었다. 그러니 내가 원하는 이상형이라든가, 어떤 남자가 맞선 자리에 나왔으면 좋겠다는 바람도 없었다. 그러면서도 직원들이나 지인이 소개하면 잠시 거울 앞에 섰다가 발걸음을 했다.

결혼하기 위해 뭘 어찌해야 하는지도 알 수 없고, 누군가 가르쳐주는 것도 아니어서 그저 단순한 궁금증과 호기심으로 맞선 자리에 나갔다. 그러다보니 어떤 날은 하루에 두 번을 보기도 했다. 결혼 상대자를 찾아야겠다는 간절함 없이 나간 자리인데도 상대방에 대해 호불호의 감정이 생기니 이상한 일이다.

첫인상이 마음에 안 들면 애프터 신청을 할까봐 일부러 고개를 숙여 정수리가 보이도록 했다. 머리숱이 적은 편인데 특히 정수리 부근은 머리카락 사이로 두피가 보일 정도다. 상대방이 싫어하게 만드는 일종의 회피 작전인데 지금 생각하면 우스운 일이다.

한 번은 연예인 빰칠 정도의 훈남을 만나기도 했다. 어찌나 잘생겼는지 나도 모르게 이런 남자와 결혼하면 바람기 때문에 속 끓일 거라고 스스로 퇴짜를 놓았다. 신포도 콤플렉스의 여우 꼴이다. 아무리 가벼운 마음으로 나간다고 해도 의식 저 밑바닥에는 두려움이 자리잡은 모양이다. 좋은 상상보다 감정이 경직되고 부정적인 상상으로 고개를 가로 저었다.

상대방 의사는 관계없이 나 혼자 북 치고 장구 치며 맞선 자리를 보냈다. 내 마음이 이러니 맞선으로 만난 이들과는 연애를 시작조차 해보지 못했다.

그러면서 시간이 지났다. 이렇게까지 하면서 굳이 결혼해야 하나, 하는 회의가 스쳤다. 친구들을 만나도 결혼에 대한 얘기를 나눈 기억이 없다. 남자 동창들이 있어도 동성 친구처럼 호기를 부렸으니 설령 마음에 있다 한들 입밖에 꺼내지도 못했을 것이다. 세월이 한참 지나 머리가 희끗희끗해진 뒤에야 그때 좋아했었노라고 말하는 남자 동창을 보면 어이구, 하고 만다.

효녀까지는 아니어도 부모님께 걱정 끼친 적이 없었는데 결혼 때문에 심려를 끼친다고 생각하니 죄송했다. 주변에 결혼하는 친구들과 아이 낳은 친구들을 보면서도 단 한번도 마음이 흔들리지 않았는데 부모님을 생각하면 마음 쓰였다. 불효하는 건 아닌가, 하는 마음으로 조바심이 났다.

그렇다고 아무나 붙잡고 "나랑 결혼해 주세요" 할 수도 없는 일. 짚신도 짝이 있겠지, 하며 여유를 부려보아도 결혼에 대한 압박감을 떨쳐버릴 수 없었다. 어찌 보면 내가 원해서 결혼해야겠다는 마음보다 부모님을 위해 결혼한 건 아닌가, 하는 생각을 지울 수 없다. 당시에는 결혼만이 효도의 지름길로 여겼다.

그때 지금의 남편을 만났다. 남편과는 소개로 만나기 전부터 이미 안면이 있었다. 남편은 예천에서 군 생활을 할 당시 축구 선수로 활동했다. 학교 다닐 때부터 대표선수로 활동한 경력이 있어 예천군 대표 팀으로 출전한 것이 인연이 되었다. 안면도 있던 터라 낯선 느낌이 덜했다. 일이 되려고 그랬는지 친구와 친구 오빠가 주선해서 결혼에까지 이르게 되었다.

프러포즈도 없고 어떤 설렘이나 기대도 모른 채 면사포를 썼다. 목석이 아닐 텐데 의아하다. 이 남자와 결혼해서 어떻게 살아야겠다, 어떻게 살고 싶다는 생각조차 없었다. 정말 아무것도 모르고 결혼한 것이다. 그러고 보니 남편은 내게 처음이자 마지막 남자다. 그때까지 첫사랑은 고사하고 가슴 두근거리는 연애 한 번 하지 못했다(내 인생에서 가장 아쉬운 부분이다!).

내게도 첫사랑이 있었을까. 짝사랑의 기억도 없을까? 아무리 기억을 더듬고 헤집어 봐도 '없'다! 하다못해 학창 시절 연모하던 선생님도 없다. 기대감에 부풀고 나를 설레게 했던 것은 남자가 아니라 '일'이라는 걸 깨달았다. 어찌 이럴까. 내 삶에서 뭔가 중요한 게 빠진 기분이다. 에잇, 그래서 오히려 사랑 때문에 얽히고설키지 않아서 좋지 뭐, 스스로 위로한다.

어쨌든 결혼을 하자 압박감에 벗어났다. 불효한다는 심정에서도 헤어났다. 하지만 곧 깨달았다. 결혼은 공부해서 시험을 본다거나 직장생활에서 받는 스트레스나 불안보다 훨씬 험난한 길이라는 것을. 그러나 이미 엎질러진 물이다. 깨달아도 돌이킬 수 없고 되돌릴 수 없는 게 결혼 제도다(그땐 왜 미처 몰랐을까 싶다). 아이가 생기면 아무리 후회해도 소용없다. 오히려 가정을 지키기 위해 내 몸을 희생하자며 체념하고 만다.

만약 내게 일이 없었다면 가정은 어찌 되었을까. 지금까지 남편과 희로애락을 같이했을까. 장담할 수 없다. 그만큼 일은 내게 첫사랑만큼 소중했다. 남편과는 비록 절절한 사랑은 나누지 못했어도 일하는 데 걸림돌이 되지는 않았다. 그럼 됐지, 스스로에게 위로를 건넨다.

결혼 후 1985년 11월 용인시로 발령받아 제2의 공무원 생활을 시작했다. 용인에서 첫 발령지는 기흥읍이었다. 사회계에 발령을 받았는데 인구는 예천읍과 비슷해도 직원은 훨씬 적었다.

경상도에서 수도권으로 와서 가장 힘들었던 점은 외국에 온 것도 아닌데 언어의 장벽을 느낀 것이다. 이곳 주민들이 내 말을 잘 알아듣지 못하고, 나 또한 사람들의 말을 알아들을 수가 없었다.

같은 나라 안에서 향수병이 생길 지경이었고 더욱 더 예천이 그리웠다. 어느 날 길을 가는데 경북 번호판을 단 차량이 서 있어 한참을 쳐다보았다. 어디에서 왔느냐고 물어보지 못한 것을 오랫동안 후회한 적이 있다. 그만큼 외로웠다. 결혼도 낯설고, 용인도 낯설어 더 외로웠다.

세 번의 기회

예나 지금이나 인생에서 취업과 결혼, 내 집 마련은 매우 중요한 일이다. 이 범주에서 내 인생을 더듬어보면 무난하게 이룬 것 같다. 첫 번째 취업은 정말 우연히 찾아온 기회가 아닐 수 없다. 아버지와 교감 선생님의 권유로 공무원이 된 일이다.

첫 출근을 한 날부터 퇴직할 때까지 수많은 고난이 있었어도 한 번도 그만둔다거나 이직할 생각은 전혀 못했다. 힘들고 몸서리치게 괴로운 때가 왜 없었겠는가.

그래도 그만두고 싶다거나 다른 일을 하면 좋겠다는 생각조차 스치지 않았으니 신기한 일이다. 일이 너무 많아 힘들어도 어서 이 일을 마무리지어야지, 하는 마음뿐이었다.

아이를 키울 때도 동시다발로 어려움이 닥치면 동분서주하느라 바쁘기만 했지, 일을 그만두고 싶다는 생각은 하지 않았다. 한 고개 넘어 또 한 고개를 숨가쁘게 넘어 여기까지 왔다. 어찌 보면 미련스러울 정도로 한 길만 걸었다. 돌아보니 신기함을 넘어 기묘할 정도다.

두 번째 기회는 스스로 만든 셈이다. 1985년 3월에 치른 결혼식은 세세하게 기억나지 않아도 혼수보다 집 장만을 먼저 한 일은 지금도 기특하게 생각하고 있다. 결혼식을 앞두고 남편에게 일체의 혼수를 없애고 집 장만을 하는 게 어떠냐고 의견을 물었다. 남편은 망설임 없이 그러자고 했다(처음이자 마지막으로 가장 의견 일치를 본 사건이다). 남편 직장이 있는 인천 가좌동에 17평 주공아파트를 850만 원에 사서 신혼살림을 차렸다. 다른 사람의 눈을 의식했다면 절대 할 수 없는 일이다.

사실 그 시절은 공무원 신분으로 눈에 띄는 액세서리

나 매니큐어 같은 것은 사용하지 못하게 하는 분위기라 굳이 패물이 필요 없다고 생각했다. 결혼 생활 동안 남편과의 추억은 한 조각도 없이 흉만 한가득이라고 할 수 있는데 유일하게 집 장만한 것은 서로 뜻이 맞았다.

세 번째 기회는 대학에 진학해 공부한 일이다. 그때까지 대학에 진학하지 못한 것에 대해 열등감이나 부모를 원망하는 일은 없었지만 가슴 한편에는 늘 배움에 대한 갈망이 있었다. 직급이 올라가면서 배워야겠다는 열망이 점점 커졌다. 신입 공직자들이 모두 대학 졸업자이기도 하고, 업무도 법적인 문제를 알아야 하는 일이 늘어나서 전문성이 필요해졌다.

하지만 직장에 다니며 공부하는 것이 여의치 않았다. 두 번이나 방통대에 입학하고도 방학기간 중에 열흘씩 출석 수업에 참여할 수 없어 결국 포기한 일이 있다. 휴가를 포함해 연가를 사용하면 되겠지만 당시 분위기로는 가능하지 않았다(나중에서야 방통대 재학생에 대해 특별 연가를 주었던 것으로 기억한다). 그렇다고 배우고자 하는 마음을 접은 건 아니다. 마음속에 향학열을 담고 기회를 엿보고 있었다.

만학의 즐거움

'오르지 못할 나무는 쳐다보지도 말라'는 속담처럼 어릴 때부터 능력이 안 되는 일로 마음을 괴롭히지 않았다. 아니, 이런 속담을 알고 처신을 한 것도 아니다. 그저 가정 형편에 맞춰 큰 고민 없이 고등학교를 졸업하고 사회에 나왔다.

공부를 계속하고 싶었는데 가정 형편 때문에 못했다고 부모를 원망한 일이 단 한 번도 없다. 주어진 환경에 최선을 다하는 것만 알았다. 그랬기에 불만이나 불평하는 일 없이 세상을 마주할 수 있었다.

나도 학업을 계속했다면… 하는 막연한 갈망은 있었다. 특히 캠퍼스의 낭만이나 자유로움에 대한 선망이 전혀 없었다고 자신 있게 말할 정도는 아니다. 시골이라 그랬는지 여자는 고등학교는커녕 중학교를 마치기도 힘든 시절이어서 대학 생활에 대한 꿈은 가슴에만 담아둘 수밖에 없었다.

그런데 세월이 지나 어느 정도 직급에 이르러 부하 직원을 거느리는 위치에 오자 생각이 달라지기 시작했다. 젊은 직원들과 대화하며 그들의 참신하고 거침없는 아이디어를 대할 때마다 자극이 되었다. 나도 배워야 하지 않을까, 하는 생각이 커졌다. 가슴속에서 내 자신에게 외치는 울림에 고무되었다.

그렇다고 학력에 대해 열등감이 있었던 것은 아니다. 나름대로 최선을 다해온 삶이었기에, 누구를 원망하는 마음도, 아쉬움에 애달파한 적도 없었다. 다만 일하면서 일종의 어떤 욕구와 뭔가 더 나은 삶을 향하는 마음이 있음을 외면할 수 없었다. 다시는 돌아갈 수 없는, 영원히 가볼 수 없는 특별한 시기가 내게도 있다는 것을 알게 되었다.

긴 머리 찰랑거리며 캠퍼스를 뛰어다닌 시절이 내게도 있었다면, 불현듯 이런 생각이 들자 가슴에 뭉근한 통증이 스쳤다. 만약 그 시절이 내게 온다면 얼마나 멋질까. 가보지 못한 길이라 더 간절했다. 이런 기분도 처음이다. 상상만으로도 얼른 책을 펴보고 학생 신분으로 돌아가고 싶은 동경이 생겼다.

앞으로 펼쳐질 나날만 가득했던 그때로 돌아가 나를 떠올렸다. 큰 숨을 들이쉬자 가슴이 부풀어올랐다. 의식 속에서 생기발랄하던 내 모습을 그리자 한결 젊어진 기분을 느끼며 행복한 기운에 휩싸였다. 할 수 있어, 늦지 않았어, 스스로 용기를 내도록 북돋웠다. 제때에 책상에 앉았으면 더 좋았겠지. 그래도 뭐 어때. 지금이라도 늦지 않았어.

마흔 살이 되던 1995년에 드디어 기회가 생겨 한경대에 입학했다. 야간대학이라 6시 업무가 끝난 뒤 달려가면 수업을 들을 수 있었다. 그래도 땡, 하면 퇴근하는 것이 죄스러워 출근 시간을 스스로 앞당겨 오전 8시에 업무를 시작했다. 이 무렵에는 근무 분위기가 많이 바뀌어서 뒤늦게 대학에 입학하는 공무원들도 늘어났다.

대학에서는 행정학을 전공으로 삼았다. 수업을 통해 법률 용어도 훨씬 수월해지고, 업무에 보탬이 되어 기쁘고 즐거웠다. 업무가 끝난 뒤에 다니는 야간대학이라 캠퍼스의 낭만이나 자유를 느낄 수는 없어도 매 수업시간이 무척 소중했다. 학창시절 결석 없이 개근상을 받은 이력으로 열심히 다녔다.

수업이 끝나기 바쁘게 집으로 달려가는 나날이 이어졌다. 11살 소희가 4살 선희를 돌보기 때문에 수업이 끝날 때 즈음에는 마음이 급해졌다. 그래도 학사증을 받아든 날은 스스로 기특하고 뿌듯했다. 이것으로 공부에 대한 여한은 풀었다.

뒤늦게 시작한 공부라 배움의 시간은 매우 즐거웠다. 한경대를 졸업하고 좀 더 배우고자 하는 욕구가 신바람을 일으켰다. 대학원은 단국대 문을 두드릴 기회가 왔다. 이번에는 전공을 예술경영학으로 선택했다. 이때는 여성회관 관장으로 일할 때인데 공연 분야가 너무 생소하고 버거워 예술 분야에 대해 공부하고 싶은 의욕이 생겼다.

이번에도 야간대학이라 수업 마치면 집에 오기 바빴어도 즐거움은 더 컸다. 이 수업으로 공연에 대한 것을 배우고, 전문용어도 익히는 등 유익한 시간을 보냈다. 석사 논문 제목으로는 〈축제를 통한 용인시 도시 브랜드 구축에 관한 연구〉로 정했다.

논문 내용은 축제를 통해서 도시 브랜드를 구축한 사례를 중심으로 서술했다. 용인시에서 백남준과 그의 예술세계를 조망하는 백남준 아트센터를 통해 백남준이 강조하고자 했던 것이 소통이고, 현대 사회의 화두 또한 소통인 점을 볼 때 백남준을 콘텐츠로 한 축제는 용인시 도시 브랜드 발전을 위한 가능성이 있다고 생각해 제안했다. 논문을 쓰느라 에너지가 소진될 정도로 힘들었어도 심사에 통과하고 나니까 뭔가 이룬 듯이 뿌듯하고 세상이 달라 보였다.

예술경영학을 전공해서 안목을 키웠으니 공연과 예술 분야에서 좀 더 일하고자 했는데 그러지 못했다. 용인시에서 별도로 문화재단을 만들어서 공연과 예술 분야를 그곳에서 운영하는 바람에 배운 것을 맘껏 활용해 보지 못한 점이 못내 아쉽다.

뒤늦은 공부를 반대하는 사람도, 그렇다고 응원하는 사람도 없는 외로운 길이었지만 사실 외로운 줄도 몰랐다. 하나를 마감하고 완성해 나간다는 기쁨으로 걸었다. 〈논어〉에 나오는 민이호학불치하문(敏而好學不恥下問, 영민하고 배우기를 좋아하여, 아랫사람에게 묻기를 부끄러워하지 않는다)을 실천하는 내 삶을 격려하면서 묵묵히 걸었을 뿐이다.

3장

직장 맘 분투기

바보 같은 내 인생

숨가쁘게 사는 동안에는 행복이나 불행을 느끼지 못하고 살았다. 왜 지난날은 그리 행복을 느끼지 못했을까. 불행도 마찬가지다. 계절의 변화를 느낄 새도 없이 보냈다. 특히 결혼해서 가정을 꾸리고 아이를 키우고 살아갈 때는 매일이 사투의 연속이었다. 한시도 마음 편할 날이 없었다. 아이에게 집중하는 시간이 늘 모자라기 때문에 스스로 허덕이게 된다.

지금도 당시를 떠올리면 아이들에게 죄책감을 느낀

다. 아이가 울면 나도 울고 싶은 심정으로 지내온 세월이 그대로 남아 있다. 아이가 크면서 반항하는 일이 늘어나면 나도 어쩌지 못하고 폭발하고 만다. 오죽하면 친엄마가 아니라고 둘째가 심통을 부렸을까.

집안일에 비하면 직장에서의 고된 업무가 오히려 평안하게 느껴질 정도였다. 직장 일은 목표가 정해져 있고, 어떤 일이든지 시작과 끝이 있어 성취감도 맛보게 해준다. 그 속에서 어려움과 갈등이 있어도 어떡하든지 해결해 나가기 때문에 더러 난관을 만나도 끝을 본다. 이런 과정에서 업무를 대하는 성숙도가 커지고 동료들과도 끈끈한 정이 생긴다.

그런데 가정사는 그러지 못했다. 결혼이 인생의 새로운 출발이라고 하는데 나의 경우는 전혀 아니었다. 새롭기는 하되 온전히 불평등 속에서 살았다. 육아 시간 중에 남편의 흔적은 그 어느 곳에도 없다. 남편은 아내의 희생과 헌신을 먹고 사는 인물 같다. 남편은 결혼 후에도 자신의 한 몸만 건사하면 그만이다. 그것조차도 아내의 뒷바라지를 필요로 한다. 결혼 전과 별로 다르지 않은 일상을 보낸다.

하지만 아내는 전혀 다르다. 결혼 전에는 하지 않던 일거리를 마주한다. 식사를 준비하고 설거지와 빨래, 청소는 물론이고 가정을 꾸렸기에 소소하게 벌어지는 모든 일도 오로지 아내 혼자만의 몫이다. 출산과 육아까지 보태면 기절할 지경이다. 여기에 시댁이라는 막강한 권력 앞에서는 독 안에 든 쥐 형국이다. 다행히 나는 시집살이 스트레스가 없는 편이라 그나마 견딜 수 있었겠지.

그런데도 가슴 밑바닥에는 응어리가 남아서 명치를 짓누른다. 사는 게 다 그렇지 뭐, 하고 넘어간 지난 시간이 때때로 울컥, 통증을 불러일으키기 때문이다. 남들이 다 하니까, 부모님께 불효할 수 없으니까, 하는 생각으로 결혼하면 뜻하지 않은 현실을 마주할 뿐이라는 것을 절실히 깨달았다.

가사와 육아의 부담이 어느 한 사람에게 치우치게 되면(대개는 아내 쪽이다) 그 짐을 짊어진 쪽에서 불만이 생기기 마련이다. 그런데 어떤가. 결혼 전에 이런 일로 머리를 맞대고 고민하는 커플이 얼마나 될까. 가사와 육아는 절대 사랑만으로는 해결할 수 없는 일이다. 남자가 생각하는 사랑과 여자가 생각하는 사랑이 어느 정도 합

일점을 찾을 때 비로소 행복한 가정을 이룰 수 있다.

나는 그러지 못했다. 나 자신도 뭘 어찌해야 좋을지 전혀 알 수 없었기에 그저 눈앞에 벌어진 일을 해결하는 데만 급급했다. 그러면서 가슴 깊은 곳에서 불만을 넘어 분노가 쌓여가고 있음을 알아채지 못했다. 시지프스의 신화처럼 고된 가사노동이 끝없이 이어지는 삶을 살았다.

'딸 바보'까지는 아니어도 아버지 노릇을 조금이라도 흉내냈어도 가슴에 응어리가 구르며 커지지 않았겠지. 아내와 아이들에게 무관심한 남편과 한 집에서 살아내려니 퇴근 후 대문 앞에만 서면 가슴이 답답했다. 남편은 최근에야 집안 청소를 하지만 그 힘든 시절엔 단 한 번도 없었다. 이런 생각이 불쑥 떠오르면 지금도 눈물이 나려고 한다.

백지장도 맞들면 낫다는데 나는 오로지 혼자 들고 살았다. 누군가가 왜 그렇게 살았느냐고 묻는다면 글쎄, 나도 모르지, 그저 바보처럼 살았지, 할 뿐이다. 난 참 바보처럼 살았군요, 노랫말을 흥얼거리다보면 꼭 나를 두고 한 노래 같아 어느새 눈가에 눈물이 고인다. 현재에 보탬이 되지 않는 과거는 떠올려봐야 소용없다는 찰스 디킨스의 명언도 소용없다. 바보같이 보낸 그 시간도 내 삶이기에, 회한뿐일지라도 곱씹을 수밖에 없다.

그래서 일에 더 매달렸는지도 모른다. 40년 공직생활을 돌아보면 스스로 배우고 깨우치며 나아간 부분도 있고, 상관을 모시면서 저절로 반면교사와 타산지석을 삼은 경우도 있다. 칭찬과 격려로 부하 직원을 이끄는 상관을 만나면 아무리 힘들어도 힘든 줄 모르고 지나가고, 반대로 잘못한 점만 지적하는 강압적인 상관을 만나면 일터가 지옥이 된다. 이런 점을 되짚어보면 그나마 나는 운이 좋은 편이다. 뼈 속에 사무칠 정도로 깊은 상처를 받은 일 없이 여기까지 왔다.

오히려 고마운 이들이 넘쳐난다. 특히 호명면사무소에서 함께 근무하던 이두영 계장님은 잊을 수 없다. 당시만 해도 한문을 섞어 쓰던 시절인데 윗세대와 달리 우리 세대는 한자 교육을 제대로 받지 못했다. 학교에서 한문을 가르치다 말다 해서 우리 집 주소도 한문으로 쓸 줄 몰랐다. 당시 호적등본을 발급할 때는 손으로 직접 썼는데 모두 한문에다 세로로 써 있어서 매우 낯설었다.

옥편을 찾아볼 엄두도 내지 못하고 막힐 때마다 계장님께 물어가며 배웠다. 지금 생각하면 무척 성가셨을 텐데도 물어볼 때마다 친절하게 가르쳐주셨다.

물론 상관만 잘 만난다고 직장생활이 활기차고 즐거운 것만은 아니다. 동료는 그 무엇보다 중요하다. 동료의 협조와 신의는 상사와의 관계만큼이나 중요하다. 동료애가 없으면 하루하루가 괴로울 뿐이다. 이런 점에서도 무난히 보낼 수 있어서 감사하다.

맨 처음 공무원으로 첫발을 내디딘 호명면사무소의 추억은 평생의 자양분이 되었다. 윗사람의 귀여움을 받으며 근무했던 추억과 가족처럼 따뜻하게 대해준 마을 분들을 지금도 잊을 수 없다. 내가 상관의 위치에 있을 때 새내기로 들어온 직원을 보면 그 시절이 자연스럽게 떠오른다.

새내기를 대하는 내 마음을 들여다보면 그 옛날 나를 한없이 귀여워하던 그분들의 마음을 느낄 수 있다. 이 마음이 그 마음이구나! 나도 칭찬과 격려로 이끌어야지, 마음먹는다. 하지만 이런 마음을 유지하기란 쉬운 일이 아니다. 때때로 잊어버린다.

사람에 따라서 상대에게 무언가를 얻으려고 하면 상냥하게 다가오는 사람이 있고, 투정부리듯 굳은 얼굴을 내비치는 사람이 있다. '웃는 얼굴에 침 뱉으랴' 속담처럼 웃으며 대할 수 있으면 얼마나 좋을까. 어떤 상대든지 똑같은 마음으로 대하면 좋겠는데 그러지 못하는 범인(凡人)이라 어쩔 수 없이 속마음이 그대로 얼굴에 드러난다.

평정심을 유지하기가 말처럼 쉽지 않다. 칭찬은 귀로 먹는 보약과 같다고 한다. 이 보약은 인간관계의 윤활유라는 말도 있다. 상처에 치료제를 발라주고 칭찬은 고래도 춤추게 한다는 말처럼 후배들에게 따뜻한 사람이었을까, 나는.

우대는 사양합니다

예전에는 직장에서 여성을 '직장의 꽃'이라고 했다. 지금 이런 말을 했다가는 성희롱으로 비판받을 수 있는 금기어이다. 하지만 내가 근무하던 시절만 해도 임의롭게 여겼다. 그래서 여성들이 주로 창구 업무를 배당받아도 전혀 이상하다고 생각하지 않고, 별 문제의식 없이 지내왔다. 하지만 시간이 지나면서 뭔지 모르게 공정하지 않다는 기분이 들었다. 더 나아가 차별받는 느낌도 지울 수 없었다.

지금도 여성은 주로 창구 업무를 도맡아 한다. 부서가 바뀌어도 별다른 변화 없이 창구로 돌리는 일을 반복한다. 이런 현상은 얼핏 보면 여성을 우대하는 것처럼 보인다. 오랫동안 창구는 관습에 따랐고 또 그것을 당연시했다. 최근에야 창구에도 남성 직원이 있는 경우가 간혹 있는데 그 수는 아직 미미하다.

여성은 아무리 경력이 쌓여도 중요한 업무에서 배제되는 느낌이 들었다. 이 느낌은 틀리지 않았다. 여성에게는 중요한 일을 할 수 있도록 어떤 훈련이나 기회가 잘 주어지지 않는다. 그래도 신분이 보장되는 공무원이기에 시간이 지나면 조금씩 진급한다. 그러니 여성 공무원들은 20년차가 되어도 단순 업무만 계속했기에 기획안 하나 처리하지 못하는 경우가 많다.

나 역시 6급으로 진급해 부서에서 팀장을 맡아도 기획안 같은 것은 생각지도 못했다.

하루는 종합계획을 수립해야 하는 일에 부닥쳤다. 이 때까지 제대로 된 기안을 한 번도 해본 적이 없어 살짝 당황했다. 여성이라는 이유로 민원 창구와 단순 업무만 계속해 와서 손에 쥔 서류를 보고 망연했다. 옆에 있던 호병계장님이 "내가 할 테니 이리주세요" 하면서 도와주었다. 고맙고 한편으로 창피했다.

세상에! 공무원 생활 20년이 다 되도록 기획안을 작성하는 훈련이나 교육은커녕 기회조차 없었다니! 기회는 고사하고 구경조차 한 적도 없었다. 여성 공무원이어서 눈에 보이지 않는 차별을 당했다는 생각을 떨칠 수가 없었다. 이 일을 계기로 기획안을 작성하는 법을 배워두었다.

내가 공직에 처음 들어올 때만 해도 남녀 비율이 9:1 정도였다. 그만큼 여성 공무원이 적었다. 또 당시만 해도 점수가 같으면 여자를 불합격시키는 일도 생겼다.

이런 처우는 잘못된 것이라고 생각해 기회 있을 때마다 여성에게도 공정한 기회를 달라고 요구했다. 예전에 비해 지금은 많이 바뀌었다. 신입 여성 공무원이 절반을 넘어섰다. 2015년을 기점으로 9급 공채에서는 양성평등채용목표제에 의해 오히려 남성이 혜택을 보고 있다. 그만큼 여성들이 약진하고 있는 것이다.

그래도 10년 넘게 외친 것에 비하면 성에 차지 않는다. 이상한 잣대로 여성을 우대하는 것도, 여성이라고 비하하는 것도 바람직하지 않다. 일에 있어서는 공정한 기회를 줘야 한다는 생각에는 변함이 없다. 그래야 남자들도 남자여서 승진했다는 뒷말에서 자유로울 것이다.

2002년 상현동장 때였다. 하루는 수지출장소(현 수지구청)에서 회의를 하는데 뭔지 모르게 여성 동장이라고 무시하는 듯한 분위기라 기분이 상했다. 상현동사무소 앞 가로수 버팀목이 2년을 넘기면서 못이 빠지고 군데군데 부러져서 위험했다. 근처에 솔개초등학교가 있어 학생들의 등하교 길에 다칠 위험이 컸다.

가로수 버팀목을 제거해달라고 건의했더니 담당 과장의 답변이 가관이다. '동사무소에서 무슨 할 일이 있겠느냐'면서 '그런 일이나 하라'고 바로 무안을 주었다. 가로수 버팀목 관리가 어느 기관이 할 일인가를 떠나서 기분이 매우 언짢았다. 내가 남자라면 이런 식으로 하지 않았겠지. 설령 그 일이 동사무소 소관이라고 해도 이딴 식으로 대하지 않았을 게다.

그날 당장 사무장과 여직원 한 명, 기사 한 명, 그리고 나 이렇게 넷이서 버팀목 제거에 나섰다. 함부로 말한 과장을 때리는 기분으로 망치질하며 분을 풀었다.

버팀목을 제거하고 보니 1톤 트럭 두 대 분량이 될 정도로 그 양이 엄청났다. 직원들이 '어디에 갖다 버리죠?' 하고 물었다. '출장소 마당에 버리세요!' 하고 소심하게 복수했다. 출장소에서 그 많은 것을 처리하느라 고생깨나 했을 거다.

남자와 여자의 신체 조건은 다르므로 그에 맞게 일하고, 각자의 특성을 살려 일하도록 하면 얼마나 좋을까. 그런데 간혹 여자니까, 여자가, 하면서 이상한 우대로 곤혹스럽게 만들기도 하고, 더러는 별일도 아닌데 무시하는 투를 내비쳐 분위기를 깬다. 그래서 여성 공무원도 산불 끄기에 앞장서기도 하고, 농사철에는 주민들과 함께 농사짓기도 직접 한다.

불을 끄거나 농사짓는 일은 물론 여성도 할 수 있는 일이다. 하지만 산불을 끄는 일은 무거운 펌프를 등에 지고, 평지도 아닌 산을 올라가야 한다. 등짐펌프 소화기는 보통 15리터 정도인데, 1리터 생수 15개를 등에 지고 산에 오르는 셈이다. 이런 일을 여성이 하기에는 효율적이지 못하다. 이렇듯 남자와 여자의 차이는 인정하되 차별은 하지 말아야 한다.

1988년 7월에 기흥읍으로 전보되어 재무계로 발령받았다. 재무계는 세금을 부과, 징수하는 부서인데 나는 징수 업무를 담당했다. 당시는 은행에서 영수필 통지서와 집계표가 오면 확인한 후에 수납 처리를 했다. 예를 들면 재산세를 발부하면 일반인이 은행에 납부한다. 은행에서는 납부한 통지서를 관공서에 보낸다. 이 통지서를 근거로 일일이 수납 처리를 하는 것이다. 지금처럼 전산으로 처리하는 시스템이 도입되기 전이었다. 그래서 일일이 수작업으로 하다보면 수납 처리가 제대로 되지 않아, 납부했는데도 독촉장이 나왔다는 민원이 발생한다. 수납 처리는 보통 직원들에게 시키는데 나는 직접 처리했다.

이런 결과 1990년 세무 비리가 적발되어 전국이 감사를 받을 때 1건의 오류도 발생하지 않았다. 남들은 그게 뭐 어떻다고, 대수롭지 않은 것으로 치부하겠지만 나 혼자 뿌듯한 기분을 만끽했다. 지금도 오른쪽 어깨와 팔, 그리고 손등의 통증으로 고생한다. 일일이 손으로 써야 했던 당시 근무 환경 때문에 입은 공무상 재해인 셈이다.

걸어온 길을 더듬어보면 스스로 대견한 기분이 든다.

큰 사고도 없었고, 당시는 힘들고 괴로웠겠지만 다행히도 가슴에 사무치는 시련도 없었다. 무탈하게 공무원 생활을 이어온 것에 감사한 마음이다.

지내놓고 보니까 한때 눈물짓고 가슴 아리던 일도 어찌 보면 나무가 자라기 위한 거름처럼 내 인생의 자양분이었음을 깨닫는다.

여자로 태어난 게 죄인가요?

여자로 태어나서 다행이야, 또는 여자라서 좋아, 혹은 좋다는 것을 넘어 행복해! 하는 여자들이 몇이나 있을까. 특히 결혼해서 가정을 이루면 여자는 이때부터 고행이 시작된다. 시댁과의 갈등은 둘째 치고 아이가 태어나면 그야말로 기쁨은 잠깐이고, 삶 자체가 전쟁이다. 전쟁터에서 전투를 치르는 이는 오로지 나 혼자뿐이다. 힘든 것은 차치하고라도 홀로 그 상황을 헤쳐 나가려니 외로움과 서러움에 몸서리친다.

지나고 나서야 그때 내가 왜 그리 어리석었을까, 한탄한다. 하지만 다시 그때로 돌아간다 해도 별 뾰족한 수가 있었을까. 가사분담이니 육아분담이니 하는 말조차 없던 시절이니 뭘 어떻게 해야 하는지 전혀 알지 못했다. 다들 그렇게 산다고, 우리 어머니 세대도 다 그랬다고, 그저 숙명이라고 여길 뿐이었다.

남편은 집안일이라면 아예 손을 놓고 살았다. 내가 하지 않으면 집안이 작동하지 못할 정도였다. 그런데도 시시비비를 따질 수 없었다. 그저 하루하루 눈앞에 벌어진 사태를 눈물바람으로 대응하느라 쫓기고 바빴다. 안팎으로 고달파도 다른 길은 생각해볼 겨를조차 없었다. 30대와 40대는 직장에서 일로 몹시 바쁜 시기고, 집에서도 아이들이 어려 살림하느라 정신없이 보낼 때다. 눈만 뜨면 집에서부터 할 일이 넘쳐나고, 직장도 마찬가지다. 하루 종일 일에 치여 비명을 지를 새도 없었다.

지금도 '우리 집 웬수(!)'는 가사분담이라는 단어는 아예 머릿속에 없는 듯하다. 육아분담은 더 말할 것도 없다. 맞벌이하는 시절부터 그렇게 살아왔으니 이제 와서 뭘 어떻게 해야 하는지 엄두가 나지 않을 거다. 그래도 그렇지 눈으로 보고도 모르니 정말 남자들은 따로 교육을 받아야 겨우 시늉이나마 할 수 있을까. 여자들은 특별히 뭘 배우지 않아도 스스로 하고, 나중에는 당연하게 여기기까지 한다. 이상한 일이다.

아들을 둔 엄마들이 하는 말이 있다. 딸은 시키지 않아도 엄마를 도우려 하고, 하나를 알려줘도 스스로 잘하는데 아들은 아무리 일러줘도 그때뿐이고, 본인이 자고 난 이불을 개는 간단한 일조차도 도무지 하려고 들지 않는다고. 잔소리를 퍼붓는데도 소용없단다. 물론 스스로 잘하는 남자아이들도 있다. 이런 아이들은 결혼해서 가정생활은 물론이고, 아내와 사별해도 집안일 때문에 다른 사람의 손을 빌려야 하는 일이 그다지 많지 않다.

삼종지도(三從之道)는 여자를 일컫는 말이 아니라 남자들이 명심해야 할 말이다. 어려서는 엄마한테 의지하고, 결혼해서는 아내를, 아내가 죽은 후에는 자식을 따라야 하는 것이나 마찬가지다. 바꿔 말하면 어려서는 엄마가 모든 뒷바라지를 다 해주고, 결혼해서는 아내의 손길로 사람 구실을 한다. 아내가 죽은 후에는 자식들에게 의지하는 것을 넘어 폐를 끼친다.

이와는 달리 딸은 어려서 엄마를 돕고, 결혼해서는 가정 살림을 도맡아 하고, 남편이 먼저 죽어서야 그 고된 집안일에서 놓여난다.

숨가쁘던 세월이 지났음에도 그 시절을 떠올리면 묵은 화병이 도지려고 한다. 가사분담은커녕 독박육아에 대한 억울함이 아직도 남아 있는 모양이다. 그 시절 외로움과 서러움이 목에 가시처럼 남아 있는 것을 어쩌지 못한다. 정말 힘들었다고, 한 마디로 넘길 수 없는 억울함이 눈물이 되어 새록새록하다. 시대가 변했다고 해도 내겐 여전히 여자의 일생이 진행 중이다.

소중한 것이 생기면 그때부터 애면글면하는 상태로 접어든다. 애틋한 마음속에는 비애가 스며들어 시시절절 죄인 된 심정에 빠져도 어찌 해볼 도리가 없다. 자책하고 회한이 들어도 하루하루 버텨 나가기에 바쁘기만 하다. 돌이켜보면 내 인생에서 자식의 탄생만큼 기쁜 일이 있을까 싶다. 소중한 자식이기에 이때부터는 인생이 달라진다. 혼자가 아니라는 생각이 뇌리에 박혀 있다.

결혼을 해서 효도는 한 셈인데 아이가 태어나면서 또 다른 세계와 맞서 싸워야 하는 처지가 되었다. 아이를 볼 때마다 반은 감탄하고, 반은 난관에 부닥쳤다. 아이를 품에 안고 있으면 그 순간은 행복이 밀려온다. 자그마한 생명이 신비롭기까지 하다. 아이 때문에 웃는다. 그러나 이런 행복도 맘껏 누려보지 못한다. 잠이 쏟아져내려 더 이상 행복에 젖을 새도 없다.

처음 몇 년은 어린이집도 없어 이웃에 맡기고 출근하려면 떨어지지 않으려는 아이의 그렁그렁한 눈망울에 발걸음이 무겁다. 워킹 맘들에게 아이 키우는 문제는 크나큰 고난이 아닐 수 없다. 나야말로 독박육아로 고통이 컸다. 하지만 고통을 느낄 새도 없이 하루하루 눈앞에 벌어진 사태를 수습하느라 정신없이 보냈다.

지금까지 살면서 고마운 분들이 많지만 그중에 으뜸은 지인이 엄마다. 그이는 친정이 예천이고 나와 비슷한 또래여서 대화도 잘 통했다. 시간이 지날수록 어렵고 힘들 때 마음을 털어놓을 수 있을 만큼 가깝게 지냈다. 그이는 아들만 둘이라 자신의 아이를 돌보는 일만으로도 벅찼을 텐데 타일 가게 일까지 보면서 소희를 잘 돌봐주었다.

이웃으로 15년 이상 넘게 정을 나누며 소희, 선희가

자라는 과정을 함께 지켜보았다. 그 뒤로 이사하면서 자주 만나지 못하게 되었지만 제일 먼저 보고 싶은 사람이다. 지금까지 살면서 한 번도 잊은 적이 없고, 형제 남매보다 더 고마운 분이다.

정년퇴직을 해도 마음은 여전히 일터를 떠나지 못하고 있다. 후배 여직원들과 통화 중에 그 옛날 갑자기 애 맡길 곳이 없어 동동거리던 일이 떠올라 아이 맡길 곳이 마땅찮을 때 전화하라고 일렀다.

그러던 어느 날 직원이 성후를 봐달라고 했다. 돌봐주던 아주머니가 이사를 가게 됐는데 새로 봐주기로 한 분과 한 달간 공백이 생겼단다. 나도 누군가에게 도움이 된다고 생각하니 흐뭇했다.

성후가 어린이집에 다녀와서 엄마가 퇴근할 때까지 돌보는 동안 웃는 시간이 많아져 즐겁다. 아이를 한 달간 돌보면서 참 행복했다. 저절로 소희와 선희의 어린 시절이 생각난다. 사실 아이가 커가는 걸 때때로 놓치고 살았다. 정말 어떻게 컸는지 아련하다. 엄마 손길도 별로 못 받고 스스로 혼자 잘 컸다고 할 수밖에. 딸들이 엄마와는 추억 한 조각 없다고 투정부려도 할 말이 없다.

작은딸 선희가 초등학교 1학년 때쯤 저녁밥을 해놓은 적이 있다. 퇴근해서 오늘은 밥이 없는데, 했더니 엄마, 내가 밥해 놓았지! 하기에 깜짝 놀라 무슨 말인가 했다. 어떻게 밥을 했느냐고 묻자 의기양양한 얼굴로 엄마가 하는 거 보고 그대로 했단다. 손등으로 물을 재서 밥했다며 된장찌개도 끓일 줄 안다고 큰소리쳤다. 대견함보다 다칠까봐 겁이 났다.

아이 키우는 것은 정말 웃음 반, 울음 반이다.

아이들을 생각하면 죄인인 심정을 지울 수 없다.

나도 아내가 필요하다

'통계청이 최근 발표한 '2016 일 · 가정 양립 지표'에 따르면 맞벌이 가구 여성의 하루 평균 가사노동 시간은 3시간 20분이고, 맞벌이 가구에서 남자의 가사노동 시간은 40분에 불과했다.(…) 맞벌이를 하지 않는 가구에서는 남자가 47분, 여자가 6시간 16분을 가사노동에 쏟았다.'

— 여성신문 기사 '여성도 아내가 필요하다' 기사(2017. 2.1) 일부

'여성도 아내가 필요하다'는 제목의 기사가 눈길을 사로잡았다. 직장 다니는 여성들의 심정을 단적으로 드러낸 제목이라 내용을 읽기도 전에 공감이 갔다. 뒷바라지가 없는 여성은 안팎으로 고생한다. 밖에서는 유리천장으로 고달프고 집에서는 가사와 육아로 애달프다.

직장을 다니지 않고 집에 있으면 보통 '논다'고 표현하는데 '논다'는 말도 바꿔야 한다. 6시간 16분을 일하는데 어떻게 논다고 할 수 있는가. 결혼한 후에 가사는 정말이지 아내들이 혹사를 당하는 것이나 다름없다. 여성은 결혼하면 직장을 다니든 안 다니든 출근과 퇴근이 없는 일상을 보낸다. 아침부터 잠들기 전까지 집안일에 매달린다.

아니, 잠들었다가도 가족 중 누군가의 필요에 따라 벌떡 일어나야 한다. 집안일은 모두 아내 몫, 엄마 몫이다. 남자들은 퇴근해서 집에 돌아오면 그때부터 휴식할 수 있는 공간이지만 결혼한 여성들에게 가정은 또 다른 일터나 다름없다. 그래서 집은 남자들에게 휴식을 떠올리지만 여자는 집이 곧 지옥이나 다름없다고 여기기 십상이다.

'집'이라는 또 다른 일터에는 상사도, 동료도, 부하 직원도 없다. 일하는 사람은 오로지 나 혼자뿐이다. 아니, 전부 나에게만 일을 시키는 상사들뿐이다. 상사 중에는 사지가 멀쩡한 어른인데도 그야말로 손 하나 까딱하지 않는다. 아이들이야 당연히 챙겨주어야 하겠지만 이 아이를 함께 만든 남자는 언제나 집안일이라면 외면하고 나 몰라라 할 뿐이다.

집안일이라는 건 잘해야 본전이고, 하루만 쉬어도 엉망이 된다. 그것도 무보수다. 나에게도 아내가 있어서 일에만 집중할 수 있다면 얼마나 좋을까. 기사를 읽는 내내 한숨이 나왔다. 그동안 내쉬었던 한숨이 한꺼번에 몰려오는 기분이 들었다. 한숨을 토해내도 시원치가 않다. 이 땅에서 살아가는 직장 맘들은 다 같은 심정이리라.

주변 이들은 대부분 친정엄마나 혹은 시부모와 함께 살면서 육아와 가사에서 어느 정도 도움을 받고 있었다. 나처럼 오직 혼자 떠안고 있는 경우를 보지 못했다. 설령 아이를 돌보아줄 가족이나 친척이 없는 경우에도 부부가 합심해 가정을 꾸려나간다. 그런데 나는? 이런 생각이 들 때마다 지금도 가슴이 아리고 아프다.

결혼 후 1985년 11월 용인으로 전입을 와서 제2의 공무원 생활이 시작되었다. 1987년 2월에 7급으로 승진해 용인읍(지금은 인구 100만이 넘는 대도시가 되었지만 당시는 용인군이었다)으로 발령받았다. 큰아이가 2살 때인데 당시는 어린이집이 없어서 친척집이나 이웃집에 아이를 맡기고 출근했다. 그때마다 아침이면 나 혼자 전쟁을 치렀다.

말도 잘하지 못하는 아이를 안고 우유 가방과 기저귀 가방, 그리고 내 가방까지 둘러멘 채 아이를 맡길 집으로 달려간다. 떨어지지 않으려는 아이를 겨우 떼어놓고 부랴부랴 버스를 타고 출근했다. 휴일에도 일해야 하는 날은 아이를 맡길 곳이 마땅찮아 아이를 데리고 출근하는 날도 있고, 추운 날 아이를 업고 선거 벽보를 붙이러 다니기도 했다. 힘들고 어려울 때마다 언제나 남편은 부재중이었다.

모든 직장 맘들에게 가정 살림과 육아를 책임져줄 아내가 있다면 얼마나 신날까. 하지만 요즘의 현실도 내가 겪었을 때보다 조금 나아졌을 뿐, 크게 달라지지 않았다. 당시에는 육아 휴직이란 용어가 있었는지 기억조차 없다. 다만 60일간 출산 휴가가 있었다. 그렇다고 마음껏 출산 휴가를 쓸 수도 없었다.

단어 자체도 '휴가'라고 하니 대부분 쉬었다가 출근한다는 의미로 여겨져 눈치가 보였다. 대부분 그 기간을 채우지 못하고 일터로 돌아와야 했다. 내 경우도 계장님과 직원이 나 혼자뿐이라 연초에 정기적으로 처리해야 하는 일이 쌓여 있어 마음이 편치 않았다. 산휴 휴가 60일을 다 채우지 못하고 37일째 되는 날 미안한 마음을 안고 출근했다.

아직도 이 부분의 복지제도는 완벽하지 않다. 그래도 일반 어린이집이나 직장 내 어린이집도 있고, 출산 휴가와 육아 휴직 제도가 있어 많이 좋아진 편이다. 가끔 아침 출근 시간에 남자 직원들이 아기를 데리고 출근하는 모습을 보면 부러운 한편 격세지감을 느낀다.

후배 여성들에게 꼭 당부하고 싶다. 가사와 육아 독박을 쓰지 않으려면 결혼 전에 이 문제를 미리 상의를 해두지 않으면 가정이 평화로울 수 없다. 여성은 생리적으로 받아들이는 품이 넉넉한데 남성의 경우는 일반적으로 그렇지 못하다. 이 부분의 사고가 열려 있지 않으면 불화만 싹튼다. 그 시절 내게도 가사와 육아에서 독박으로 생고생하지 않았다면 어땠을까, 좀 더 행복했을까, 뒤늦게 상상해 본다. 부질없는 일이지만.

아들이거나 동지거나

지금까지는 하루하루 숨가쁘게 사느라 남편과 다툴 일이 있어도, 더 나아가 싸워야 할 때에도 시간에 쫓겨 그냥 넘어가고 말았다. 그때마다 억하심정과 괴로움에 치떨어도 안팎으로 바빠 병날 새 없이 앞으로 나갔다. 그러지 않으면 한순간에 무너지고 말았을 것 같다. 눈앞에 펼쳐진 책임감과 의무를 저버릴 용기가 없었는지도 모른다.

흔한 말로 남자는 다 애라고 한다. 큰아들 하나 키운

다고 생각하라는 어르신 말씀도 예사로 떠돈다. 모두들 큰아들 하나 키우며 애면글면하면서 살까. 차라리 아들이라면 속 썩일 때만큼이나 귀여울 때도 있고, 감동받을 일도 생기니 힘들어도 그 맛에 살겠지. 말 잘 듣는 아들이라면 어떨까. 더 나아가 든든한 아들도 있다.

남편을 두고 왜 이런 말이 나왔는지 도무지 이해할 수 없다. 간혹 텔레비전에서 이런 장면이나 토크쇼에서 이와 같은 말을 천연덕스럽게 하는 여자나, 그 말을 흐뭇하게 바라보며 고개까지 끄덕이는 남자를 보면 한심하다. 그러면서 남편을 존경한다는 여자도 있고, 존경받고 싶다는 남자도 있다. 진짜 웃기지도 않는 코미디다.

이런 유치한 사고방식을 드러내놓고 말할 수 있는 대한민국은 어딘지 병들어 있는 것만 같다. 집단치료가 필요하다고 생각하지 않을 수 없다. 심지어 어느 프로에서는 남자는 잘한다, 잘한다, 해야 잘한다는 말을 조언이랍시고 천연덕스럽게 떠드는 걸 보았다. 무슨 어린애 교육프로그램인가 착각이 들 지경이다.

그러면서 남자의 사고방식은 여자와 달라서 구체적으로 말하기 전에는 모른다고 친절하게 일러준다. 문제점을 정확하고 명확하게 말하라고 하면서 남자를 무시하는 말을 아무렇지도 않게 한다. 일상생활에서 꼭 말을 해야 알아듣는다면 그야말로 미성숙한 어린아이나 다름없다. 이런 문제는 사람의 문제지 여자, 또는 남자의 문제가 아니다.

이런 문제를 갖고 있는 사람은 대부분 이기적이다. 남을 배려하는 마음이 없어서 벌어지는 상황을 남자라고 싸잡아서 일반화하는 오류를 범하는 것이다. 그렇다면 아내한테 존경받고, 아내가 의지하는 남편은 대체 뭐란 말인가. 이런 말도 안되는 말을 조언이랍시고 하다니 포복절도할 일이 아닌가.

1980년대 말경 '남자는 여자 하기 나름'이라는 세탁기 광고가 나온 뒤에 여자들이 더 열광하는 것처럼 보였다. 참 어이없는 노릇이다. 아직도 이 말이 진리인 양 떠들어댄다. 여자 하기 나름이라며 아내한테 모든 책임을 뒤집어씌운 이 말과 함께 곰이 어쩌고, 여우가 어쩌고 하며 부화뇌동하는 경우를 종종 본다.

아내 역시 남편 하기 나름이다. 이걸 전혀 모르는 한 남자를 나는 알고 있다. 아마 여자들 중에는 제각기 한 명의 남자쯤은 아는 이가 꽤 있으리라. 눈물 나게 안타까운 이 사실 앞에서 다른 여자들과 마찬가지로 고뇌에 빠져 허우적거린다. 젊은 날 바쁘다고 넘긴 중요한 이 일을 이제 은퇴해서 비교적 시간에 여유가 생기니 후회한다.

나는 다시 태어나도 공무원이 되고 싶다. 만약 여자로 또 다시 태어난다면 그때는 괴상하기 짝이 없는 큰아들 말고, 삶의 동지를 만나고 싶다. 서로 사랑하고 아껴주는 가정을 이루고 싶다. 인생길 함께 두런두런 이야기를 나누며 즐겁게 걸어가고 싶다. 아이들이 웃는 소리가 집안에 떠다니고, 아이들이 엄마보다 아빠를 더 좋아했으면 좋겠다.

무슨 일이든 하고자 하는 일에 서로 응원하고, 격려하는 사이면 좋겠다. 남편이 기쁠 때 나도 기쁘고, 내가 기쁠 때 마찬가지로 남편도 기쁜 나날이면 바랄 게 없겠다. 설령 남편이 실수해도 또 내가 실수해도 서로 그 깊은 마음을 헤아려 잘하려다 그런 것임을 믿고 너그러이 웃어넘길 수 있는 그런 가정이면 바랄 게 없겠다. 세상에! 그러고 보니 지금과는 완전히 다른 가정이다.

딸 밥은 서서 먹고, 아들 밥은 앉아 먹고, 남편 밥은 누워 먹는다는 옛말이 있다. 지금까지 내 경우를 보면 서서 먹은 밥도, 앉아 먹은 밥이나 누워 먹는 밥 모두 내 힘으로 차려 먹어야 했다. 딸이 둘이지만 아직 얻어먹을 정도는 아니고 남편이 있어도 이 말은 해당되지 않는다. 그렇다고 누워 먹고 싶은 마음도 없다.

흔히 여자들이 하는 말이 있다. 남편은 '남'의 편만 들어서 남편인가 보다고. 그 말 뒤에는 싸우기 싫어서 참는다는 말을 후렴으로 덧붙인다. 편을 들어야 할 때 남의 편을 들면 남이지 왜 남편이라는 말인지 어이없다. 이렇게 남과 다름없는 아버지를 둔 아이들은 공유할 추억 한 점 있을 리 없다.

추억이 없는 아이들은 당연히 아버지와 애틋한 감정 교류 또한 없다. 아버지가 갑자기 쓰러져도 별 감흥이 없겠지. 아이들을 보면 내가 어떤 엄마인지, 또 내 남편이 어떤 아버지인지 짐작할 수 있다. 아이들이 설령 섭섭하게 해도 모범을 보이지 못한 내 탓이오! 해야 한다. 더군다나 내가 이 세상 뜨고 난 뒤에 혹여 자식 가슴에 못이 박히는 일은 하지 말아야겠다고 다짐한다.

그런 점에서 보면 나는 정말 다행이다. 나야말로 아버지와의 추억도 알알이 헤아려볼 정도고, 어머니와는 지금껏 다정하다 할 만하다. 문득 생각나는 일화가 있다. 부모님이 부부싸움을 하면 일부러 아버지 편을 들었다. 그래야 싸움이 끝나기 때문이다. 무턱대고 아버지 편을 들면 아버지는 내 속뜻도 모르고 기뻐하셨다.

다음날이면 술에서 깬 아버지한테 어제 일을 알려드린다. 어제 아버지가 엄마한테 잘못했다고, 조금 과장해서 말한다. 그럼에도 아버지 편을 든 사정을 듣고는 껄껄 웃으셨다. '아버지를 놀려먹느냐'고 하면서도 표정은 밝으셨다. 아버지는 지금 저 세상에서 혼자 쓸쓸하시겠지. 놀려먹는 딸이 없으니 웃으실 일도 없을 테지.

나이를 먹어가면서 내 부모님이 그랬듯이 아이들에게 추억이 많은 엄마로 기억되고 싶다. 남편에게도 이 마음만은 전하고 싶다. 남편은 아이들과 어떤 추억을 간직하고 있는지 새삼 궁금하다.

여보, 당신은 어떤가요?

아이들과는 내가 모르는 어떤 추억이 있는지요?

4장 / 행복도 불행도

농사짓고 산불 끄는 공무원

내가 생각하는 나와, 남이 생각하는 내가 같을 수는 없다. 원칙을 중요하게 여기는 점이 다른 이의 눈에는 고집불통으로 비칠 수 있고, 타협이 부족한 것으로 보이기도 한다. 같은 사안을 두고도 어떤 이는 추진력이 있다고 평하기도 하고, 더러는 여자가 겁도 없이 나댄다고 못마땅함을 드러낸다. 이런 말에 일희일비하다 보면 〈부자와 당나귀〉 우화에 나오는 아비가 되기 십상이다. 어느 장단에도 맞추지 못하고 결국 당나귀만 잃고 만다.

어떤 일이든 맨 처음에 생각한 대로 할 수 있다면 다행인데 그렇지 못할 때는 자신이 세운 소신대로 해야 한다. 그래야 설령 그것 때문에 불이익이 생겨도 스스로 떳떳하고 후회가 남지 않는다.

하지만 자신에게 떳떳하기가 생각만큼 쉬운 길은 아니다. 더러는 눈앞에 벌어진 일 때문에 허둥거리다가 엉뚱한 방향으로 가기도 한다.

1970~80년대는 공무원이 하는 일 중에 농사 업무 비중이 가장 컸다. 봄이면 못자리(볍씨를 뿌려 모를 키우는 일)를 할 때 수확량이 좋은 통일벼를 파종하도록 독려하고, 가을이면 심경(深耕)이라 하여 논을 갈아주고 토양의 지력을 향상시키는 일도 중요 업무다. 보리 파종도 안내해서 식량 자급자족을 위해 전 행정력을 집중한다.

국도변의 농지는 거의 공무원들이 농사를 지어 주다시피했다. 가뭄이 심하면 12단이나 양수를 해서 모를 심고, 가을이면 보리를 갈아주는 일도 공무원을 동원해 거들었다. 병충해 방제 작업을 위해 시연회를 할 정도로 벼와 보리 농사는 중요한 업무다. 장관과 도지사, 군수와 모든 관료들이 현장을 누비며 농사일에 전력을 다했다.

농번기에 산업계장을 태우고 모내기 출장을 나갔다. 산업계장은 여자였다. 차에는 음료수, 막걸리, 종이컵을 준비해서 들판을 지나며 일하시는 분들에게 건네주면 매우 고마워한다. 이런 일로 주민들과 가까워지는 계기를 만들어 나간다. 그래야 여자라서 라는 말을 듣지 않는다.

하루는 퇴근 무렵에 산불이 나서 끄고 왔는데 그곳에 다시 불이 나서 등짐펌프를 지고 산에 올라갔다. 여자계장 다섯 명이 다녀왔다. 그 후로 읍장님이 우리를 '5공주'라 불렀다. 그 5공주 중에는 고인이 된 사람도 있고, 퇴직한 이도 있어서 2017년 현재는 3명이 남아 근무하고 있다.

사람의 마음이란 게 자신이 힘들 때면 다른 사람의 일은 어딘지 수월해 보인다. 은행이나 공무원은 칼퇴근 한다고 알고 있다. 하지만 야근을 밥먹듯이 하는 일도 흔하다. 직업병도 생긴다. 공무원이 무슨 직업병? 하겠지만 사실이다. 인감 발급 담당자로 일할 때는 오른쪽 팔을 제대로 쓸 수 없을 정도로 힘들었다. 아프다고 그 일을 하지 않으면 누군가 대신 해야 하는데 누가 하든 사람이 하는 일이라 힘들기는 마찬가지다. 그때 이후로 오른쪽 팔은 계절에 관계없이 시리고 아프다.

1992년 10월 계장으로 승진해 용인읍 주민계장으로 발령받았다. 주민등록 업무와 각종 제증명 발급을 담당하는 자리였다. 당시에는 주민등록 전산 입력이 가장 큰 업무였다. 그때는 직원 15명에 컴퓨터가 7대밖에 없어서 직원을 반으로 나눠 하루 걸러 야근을 했다. 주민등록 전산 작업은 80년대 후반부터 시작했지만 그때까지도 완벽하게 입력이 끝나지 않았다. 용인읍은 지방임에도 전국에서 인구가 가장 많아 더 늦었다.

주민등록 전산 프로그램은 읍면동당 인구 2~3만 명을 기준으로 만드는데, 그래서 5만 명이 넘는 용인읍은 에러가 자주 발생했다. 행정자치부에 에러 사항을 보고하면 프로그램 업체와 행정자치부 직원이 직접 와서 확인하고 업그레이드하는 과정을 수없이 반복했다.

지금은 주민등록증 발급 신청을 하면 조폐공사에서 카드로 발급해 보내주지만 옛날에는 주민등록증 백지 용지에 인적 사항을 기재하여 발급했다. 주민등록 백지 용지는 국가 안보 차원에서 매우 중요하게 취급했다. 그래서 발급한 용지나 백지 용지는 이중 금고에 보관하고 관계자(담당자, 계장, 부읍장, 읍장)가 날인하여 봉인한 후 보관했다.

하루는 주민등록 담당자가 봉인지와 주민등록증 백지 용지 사용 수불대장을 결재 받으러 읍장실로 갔다. 그런데 방금 전에 퇴근하는 나를 2층 집무실에서 읍장님이 본 모양이다. 읍장 결재가 나기도 전에 나만 결재하고 퇴근했으니 졸지에 무책임한 직원으로 찍혔다.

아이들을 남의 집에 맡겨둔 터라 퇴근 무렵이면 신경이 쓰였다. 정시에 퇴근해도 일거리를 싸가지고 와서 집에서 늦도록 일했다. 아이가 있는 직장 여성은 누가 뭐라고 하지 않아도 저절로 움츠러드는 경우가 많아, 일이 힘든 것보다 이런 상황이 더 힘들고 마음이 무거워진다. 다음날 아침 간부회의 시간에 질책 받았음은 말할 것도 없다.

당시 주민등록 전산 업무는 6개월 동안 입력하고, 나머지 6개월은 제대로 입력했는지 대조 작업을 거쳐야 끝난다. 야근을 해도 시간외 수당은커녕 저녁도 각자 돈으로 해결했다. 어느 날 읍장님이 밥값은 어떻게 하느냐고 물어 사실대로 말씀드렸다. 야근하는데 밥값까지 내느냐고 해서 이후로는 저녁 밥값을 사무실 경비로 충당했다.

1년 동안 고생해서 주민등록 전산 작업을 끝낸 날, 보람과 성취감으로 짜릿했다. 지금 생각하니 힘들게 일하면서도 한마디 불평 없이 따라준 직원들이 새삼 고맙다. 그 무렵 내가 일을 너무 많이 시켜서 안경을 쓰게 되었다는 직원은 현재 동장으로 일하고 있다. 미안해요. 그때는 어쩔 수 없었잖아요?

가끔 자정이 넘어 일이 끝나면 택시 타기를 꺼려하는 여직원들을 위해 남편이 집까지 데려다주기도 했다. 또 고생한 직원들을 집으로 불러 회식 겸 저녁을 먹였다. 밤늦게까지 놀다보면 버스가 끊겨 남편이 차로 일일이 집까지 데려다주는 수고를 했다. 8명이 승용차를 타고 깔깔거리며 용인을 헤집고 다닌 그날은 자동차 쇼바가 나갔다. 바쁜 아내 덕에 남편이 고생한 셈이다.

1년간 큰일을 마무리하고 한숨 돌리려는 참에 주민과장이 불렀다. 느닷없이 직원 한 명을 내놓으라는 것이다. 아니, 직원을 내 손에 들고 있나? 속이 뒤틀리려고 했다. 상의 한마디 없이 사회계에 직원 한 명을 내주기로 했다고 통보하는 식이다. 지난 1년 동안 야근할 땐 단 한 번도 관심을 보이지 않다가 일이 끝나자마자 기다렸다는 듯이 직원을 달라고 할 수 있느냐고 불편한 속내를 드러냈다.

주민등록 업무를 잘 몰라서 그랬다고 하는데도 분이 풀리지 않았다. 이러시면 안 되는 것 아니냐고, 이곳 출신이 아니면 이래도 되느냐고 참았던 감정을 내비치니 아무 대꾸가 없다. 경북 예천에서 일하다 수도권인 용인으로 오자 경상도 말투 때문에 가뜩이나 의기소침한 상태였다. 힘들 때마다 고향이 그립고 정겨운 예천 사람들이 그리웠다.

누구든지 데려가라고 했다. 이 말밖에 할 수 없는 상황에 또 다시 속이 상했다. 그 뒤로 그를 눈여겨보니 바쁘지도 중요하지도 않은 사적인 일을 부하 직원에게 시키는 걸 보고 어이가 없었다. 직원에게 미안했음은 말할 것도 없다.

이때의 경험으로 직원을 다른 부서로 배치할 일이 생기면 먼저 당사자에게 상의를 한다. 반면교사가 따로 없다. 다른 이가 하는 행동을 보며 좋은 점은 취하고, 부족한 점은 배운다. 또 이렇게 불합리한 일을 경험하면서 스스로 다짐한다. 존경받지는 못할망정 손가락질은 받지 말아야지, 하는 마음을 키운다.

특별한 선거 기간

공무원이 하는 일이 워낙 구석구석 방대하다 보니까 찾아서 일하려 들면 한도 끝도 없고 산과 들, 거리로 나가는 일도 종종 생긴다. 막노동이나 다름없이 힘을 써야 할 때도 있다. 그러면서도 쉽게 비난받는 자리이기도 하다. 국민이 내는 세금으로 급여를 받기 때문에 갖춰야 할 품위는 그 어떤 자리보다 엄격하다. 그래서 잘못했을 때는 몇 배로 비난받고, 옷 벗을 각오를 해야 하기 때문에 매사에 조심스럽다.

여러 일 중에서도 선거때만 되면 공무원에게 또 다른 세계가 있음을 깨닫게 한다. 평소에는 잘 모르다가도 선거를 앞두고 그 사람의 진면목이 드러난다. 공무원은 정치에 중립을 지켜야 할 의무가 있다. 하지만 누가 시의 수장이 되는가에 대해 관심이 크다. 시장이나 군수가 누가 되느냐에 따라 신명나게 일할 수 있고, 그렇지 못하기도 하기 때문이다. 선거 때는 은연중에 지지하는 마음이 싹튼다.

1987년 12월 16일은 13대 대통령 선거를 치른 날이다. 지금은 선거 업무를 전산으로 처리하고, 또 많이 간소화했지만 당시에는 예비 명부와 본 명부, 투표 통지표 작성, 투표 통지표 교부, 벽보 붙이기와 철거, 투표 전날 투표함 지키는 일, 당일 투표 종사 같은 일련의 과정을 모두 공무원이 직접 진행했다. 이런 일은 선거관리위원회에서 하는 줄 알지만 사실 모든 행정 기관이 나서서 하는 일이다.

법정 업무라 시간 내에 반드시 처리해야 하고, 오류가 생기지 않도록 정신을 바짝 차려야 한다. 하루 종일 민원 업무를 보고, 밤에는 선거 업무를 담당하므로 모두가 힘들었다. 투표 통지표를 집집마다 나눠줄 때에는 개 때문에 무서웠다. 개조심이라고 쓴 집은 미리 마음의 준비를 하는데, 그렇지 않은 집은 방심하고 있다가 사납게 달려드는 개를 만나 혼비백산하기도 한다.

또 벽보를 붙이는 날은 일요일이라 아이를 업고 다니면서 일했던 기억도 생생하다. 추위에 발을 동동 구르며 벽보 붙이는 일도 만만치 않았다. 담벼락에 인쇄한 종이를 하나씩 붙이는데 겨울이라 벽에 먼지가 있어 붙이기도 쉽지 않고 시간과 노력도 더 많이 들었다. 어렵사리 붙여도 떨어져버리는 일이 흔했다. 얼굴과 옷에 풀과 먼지가 범벅인 채로 돌아다녔다.

2000년에 들어서자 용인시 인구가 폭발적으로 늘어 선거 홍보물 작업량도 상당했다. 2층 회의실에서 분류 작업을 끝마친 뒤 1층으로 내려 보내는 것도 보통 일이 아니었다. 미처 생각지 못한 일이라 당황했다. 의견을 모아 동사무소 주변에서 베니어판을 주워 와서 미끄럼틀을 만들기로 했다. 맥가이버 정 주사가 나서서 미끄럼틀을 만들었다.

홍보물 뭉치를 1층으로 내려 보내며 모두 웃음을 터

뜨렸다. 이렇게 쉽게 해결할 수 있는 걸 진땀 흘리며 낙담한 게 우스울 정도다. 단순 작업은 금세 싫증나는데 이날은 모두 재미있게 일했다. 중요하고 큰일을 무사히 마쳤다는 안도감을 만끽했다. 힘든 만큼 직원 간에 우의도 깊어진다.

자신이 하고 싶은 일을 하면서 밥벌이를 할 수 있다면 분명 성공한 인생이다. 이왕이면 신명나게 일할 수 있는 환경이라면 더할 나위 없다. 공무원으로 첫발을 내딛었을 때만 해도 내가 태어나고 자란 곳이라 별 어려움 없이 일할 수 있었다. 시간이 흐르면서 공무원이 갖춰야 할 사명감도 자리잡았다. 그래도 가고 싶은 부서가 마음속에서 싹튼다.

공무원이라면 대체로 선호하는 곳이 시청 근무다. 2000년 3월 1일자로 용인시청으로 발령받아 꿈만 같았다. 시청에서 근무할 수 있으면 그 어떤 직책도 좋다고 생각했는데 드디어 24년 만에 소망을 이루었다. 조금 아쉬웠던 점은 여성정책과 계장이다. 나 역시 여성이면서도 왠지 여성 관련 일은 좀 꺼려졌다. 뭐 할 수 없지, 다 좋을 순 없지, 하고 마음을 달랬다.

그런데 나를 본 동료 중 한 사람이 결재판을 내팽개치며 빽으로 왔다고 화를 냈다. 본인이 고대하던 자리라 그랬는지, 아니면 뭔가 뒤틀린 마음 때문인지는 모르겠지만 기가 차서 할 말을 잃었다. 무슨 근거로 그러는지 알 수 없지만 참을 수밖에 없어 속이 편치 않았다.

더군다나 여성정책 부서는 시의 여성정책을 수립하고 비전을 만드는 부서라고 생각했는데 그게 아님을 바로 알았다. 살펴볼수록 여성단체 협의회 뒤치다꺼리를 해주는 부서나 다름없어 보였다. 적어도 용인시 여성단체 협의회라면 스스로 사업도 할 수 있어야 한다고 생각해 다양하게 있는 여성단체를 하나씩 만나 설득해 나갔다.

그때까지 행사 위주로 해오던 사업에 새로운 안을 내밀자 반발이 거셌다. 들어보려고도 하지 않고 내 얼굴을 노려보기 일쑤였다. 어디서 저런 년이 굴러들어 왔느냐고 폭언을 퍼붓더니 선거 때 보자는 말을 던졌다. 무슨 뜻인지, 뭘 어쩌겠다는 건지 몰라 그저 웃음이 나왔다.

2000년도 초 용인시 수지는 개발로 인해 인구가 급격히 증가하는 데 비해 기반시설이 열악하고 문화시설 또

한 전무해서 주민들의 불만이 매우 컸다. 날마다 고민이 커갔다. 사람들을 만나 의견을 구하는 가운데 아이디어가 좋은 훌륭한 제안을 받았다. '내 고장 바로 알기 문화탐방'이라는 프로그램이었다. 이것을 통해 흥미를 유발하고 애향심도 높이는 계기가 되리라 판단해 바로 실천에 옮겼다.

공무원은 아무래도 안에서 일하기 때문에 시야가 한정되어 있다. 주민들의 욕구를 제대로 진단하고 끄집어내려면 주민들의 소리에 귀를 열어야 한다. 그 과정에서 아이디어를 얻는데 당시 '내 고장 바로 알기 문화탐방'은 건실하고 매우 적절한 아이템이다. 사실 나조차도 우리 고장에 대해 알아야 할 게 많았다.

아침 9시에 수지 아파트 단지에서 버스로 출발해 대지 고개를 넘어서 정몽주 묘소와 등잔 박물관, 호암 미술관인 희원과 금어리 쓰레기 매립장을 지나 아시아나 골프장을 넘어서 세중옛돌박물관을 관람하고 원삼에서 점심 식사를 한 뒤에 한택식물원을 거쳐 곱등 고개를 넘어 오후 6시에 도착하는 일정이다. 내가 직접 탐방 가이드로 나서서 시의 어려운 점을 설명하고, 앞으로 나아갈 방향도 설명하며 알찬 시간을 보냈다. 모두 즐거워하며 박수칠 정도로 폭발적인 호응을 얻었다.

또 여성 부서는 행사가 끝나고 나면 항상 뒷말이 무성했다. 내빈 소개와 좌석 배치 때문이다. 소개할 때 혹여 빠뜨리는 일이 생기면 항상 시끄러웠다. 행사 시작 전에 미리 와서 시민들과 인사를 나누면 좋을 텐데 실상은 그렇지 못하다. 선출되기 전까지는 고개 숙이던 이들이 선출만 되면 목에 힘주고 대우 받으려는 태도를 취한다. 그래서 행사 문화를 바꾸면 어떨까 싶어 고민 끝에 여성주간 기념식 행사에서 내빈 소개를 생략했다. 누구와도 상의 없이 감행했다. 은근히 떨었는데 오히려 뒷말이 없었다.

1년 10개월간 여성정책 계장으로 일한 경험을 토대로 여성발전기금 조례를 만들었다. 그러는 사이 여성단체와의 관계도 회복되었다. 시간이 지나면서 서로 돈독한 관계로 발전했다. 맨 처음 시련을 당한 발걸음이 더욱 군건해진 기분이다.

따뜻하거나 춥거나

인생은 희로애락과 새옹지마의 범주를 벗어날 수 없다. 또 괴로운 가운데에도 즐거움이 있기에 현실이 아무리 힘들어도 견뎌 나간다. 내게 이 고중작락(苦中作樂)의 시절을 꼽으라면 단연코 상현동장으로 일한 시기다.

2001년 12월 24일 크리스마스 이브에 상현동장으로 발령을 받았다. 사무관(5급)이 된다는 것은 생각해 본 적이 없어 너무나 뜻밖이라 솔직히 좀 놀랐다. 사무관은 통상 기관장이 되는 동장이나 면장이 되는 길이다. 용인에서 계장이 되었을 때 나로서는 최고의 자리라고 생각했었다. 물론 행정 환경이 많이 바뀌어 조직이 늘어나고 여성에 대한 인식도 예전과는 달라졌지만 나보다 먼저 6급으로 진급한 여성 선배가 있기에 뜻밖이라고 여길 수밖에 없었다.

기쁨보다는 두려움이 앞섰다. 수지는 난개발이라는 오명을 받은 만큼 민원이 엄청났다. 날마다 대형 버스 15대가 시청으로 몰려와 집회할 정도로 바람 잘 날이 없는 곳이라 각오를 다져야 했다. '원칙과 소신, 그리고 대화…' 마음속으로 되뇌고 또 되뇌었다. 그래도 다른 때와 달리 심장이 떨리는 건 어쩌지 못했다.

수지는 교통난과 개발에 따른 불편사항을 해소한다는 기치 아래 '수지시민연대'를 비롯해 수많은 단체가 있다. 생소한 이름도 있고, 일일이 다 욀 수도 없을 정도로 다양한 단체가 활동했다. 수지 지역의 문제점을 이슈화해 여론을 조성하기 때문에 공무원이라면 긴장하지 않을 수 없다.

어느 날 동사무소 앞 아파트에 대형 현수막이 걸렸다. 난개발 때문에 못살겠다는 내용이다. 부녀회장 두 명이

와서 언성을 높였다. 귀를 열고 듣는 동안 그이들이 하는 말에 토를 달지 않았다. 수긍하는 태도로 듣기만 했다. 성토하러 왔다가 아무 반응도 내보이지 않자 김이 빠졌는지, 아니면 더는 할말이 없는지 잠시 침묵이 흘렀다. 이때가 반격을 할 타이밍이다.

"여기 사는 사람들이 못살 동네라고 하면 아파트 가격이 오를까요? 입주 초기라 교통은 아직 불편하지만 공기는 맑아서 좋다고 해야지요."

지나가는 투로 말했다.

갑자기 허를 찔렸다고 느꼈는지, 아니면 민감한 아파트 시세 때문인지, 그도 아니면 내 말을 납득했는지 모르겠지만 이튿날 보니까 요란한 현수막이 모두 사라져 버렸다. 그 뒤로 가끔 사기 분양, 하자 같은 현수막이 아파트에 걸린 것을 보면 씁쓸한 기분이 든다. 목청 높여 외치다가도 아파트 시세에 이르면 누구랄 것도 없이 움츠러드는 걸 보기 때문이다.

상현동사무소는 조립식 가건물인 곳에 임차를 했다. 부동산 간판이 절반을 차지하고, 나머지 반쪽이 사무실, 이층은 동장실이다. 가건물이다 보니 사무실까지 화장실 냄새가 풍겼고, 온수도 나오지 않았다. 또 사무실 앞 주차장은 비가 오면 진흙탕으로 변했다. 2층 동장실은 외부로 설치된 철제 계단 때문에 을씨년스럽기 짝이 없었다.

동사무소가 허술해서 그런지 시민들조차 직원들을 무시하는 것 같았다. 민원인 중에는 온갖 사람들이 다 있다. 진상이라고 할 만큼 생뚱맞고 터무니없이 구는 사람도 있어 혀를 내두르는 날이 흔했다. 민원인끼리 싸움이 벌어지기도 한다. 서로 밀치고 싸우다가 옷이 찢어지면 비싼 옷인데 동사무소에서 이런 일이 생겼으니 동장이 옷을 사줘야 한다고 억지를 부리기도 한다.

전화 받을 시간조차 없이 바쁜데 고맙게도 민원인께서 받아주신다.

"여보세요! 지금 내 민원 처리 중이니 나중에 전화해요."

고마운 마음이 들다가 말고, 다음 말에 더 기가 막혔다.

"오야붕 어디 갔어! 민원이 많은데 직원을 더 많이 둬야지!"

안하무인으로 소리를 내지르는데 할말을 잊었다.

때로는 직원이 눈물을 쏟는 일도 생긴다. 이럴 때면 내 새끼가 우는 것마냥 애처로워 가슴이 떨린다. 어떤 민원인이 화를 내며 '새대가리'라고 짜증을 부렸단다.

인신 공격성 말에 순간적으로 화가 나서 목소리가 커졌다

"앞으론 이렇게 말해. 난 50대 1이나 하는 경쟁을 뚫고 이 자리에 앉아 있다고. 당신 같은 사람은 능력도 안 되니까 이런 자리에 앉지 못한다고 해!"

이런 막무가내 민원인은 내가 책임질 테니 무조건 참지 말고 싸우라고 했다. 말해놓고 보니 유치한 처방이나 다름없어 웃음이 나왔다.

민원실은 다양한 인간군상을 만날 수 있는 곳이다. 민원서류 떼며 수수료를 외상으로 해놓고 잡아떼는 경우도 있다. 또 본인의 자격이나 서류 미비를 숨기고 동장이 사사건건 트집 잡아서 업무 처리를 막는다고 상부에 고자질하는 일도 있다. 이럴 때 상급기관은 먼저 사실 여부를 확인하고 관련법을 챙겨야 하는데 무슨 큰일이라도 난 것처럼 문제부터 삼아 치도곤을 치르기도 한다.

잠시라도 이런 억울한 일에 휘말리면 아무리 원칙, 소

신을 목숨처럼 여겨도 마음에 스크래치가 남는다. 게다가 얼토당토 않은 고자질쟁이가 아무런 제재도 받지 않고 잘나가면 억울한 생각도 든다. 수지는 정말이지 민원 지옥에 현수막 천국이다. 현수막마다 성토를 매달고 쉬지 않고 나부낀다. 장소를 가리지 않고 행정 불만은 물론이고 시장을 욕하는 현수막도 내걸린다.

지금 생각하면 그런 긴장의 연속을 어떻게 대응하며 지나왔을까 싶다. 지금까지 일하면서 이곳처럼 시끄럽고 날마다 고생이 넘쳐나는 곳도 드물었다. 그래도 삭막한 가운데 따뜻한 이웃이 있어 견디는 데 힘이 된다. 어떤 주민은 동사무소가 이웃으로 있어 좋다며 떡과 빵을 사오기도 하고 직원들을 집으로 초대해 밥을 먹이기도 한다. 마음이 따뜻한 그분들이 있기에 시베리아 벌판에서도 온기를 느꼈다. 정말 고마운 분들이다. 이제라도 다시 한 번 인사를 올린다.

1년 10개월 동안 상현동에서 별다른 사고 없이 무사히 끝마칠 수 있었던 것은 함께 근무한 직원들 덕분이다. 하나같이 동심동덕(同心同德)의 동료애가 있었기에 가능했다. 특히 직원들의 화합과 분위기 조성을 위해 솔

선수범하던 이 사무장의 공로가 가장 크다. 진실하고 진솔한데 아직까지 진급을 못해 안타깝다. 언제 이런 분들이 인정받는 때가 오려나.

고난을 함께 하면 전우애가 생긴다. 상현동 초기 멤버들이 모임을 만들고 '조강지처 클럽'이라고 이름 지었다. 함께 여행도 다니며 우의를 다지고 있다.

상현동 시절 억울할 때마다 읽던 효종의 시 〈청강의 비 듣는 소리〉가 떠오른다. 마지막 구절 '웃을 대로 웃어라'를 읊조리다 보면 입가에 미소가 퍼진다. 그래, 인생 뭐 별거 있어?

진자리, 마른자리

아무리 명(命) 받으면 가야 하는 신세라도 내심 반기는 자리가 있고, 도무지 내키지 않는 자리가 있다. 갈수록 태산이라고 이번 발령은 아무리 마음을 다잡아도 받아들이기 힘들었다. 공무원은 그야말로 동쪽이라도 좋고, 서쪽이라도 좋다는 가동가서(可東可西)하는 자세로 임무를 맡아야 하는데 정말이지 하늘은 내 편이 아닌 것만 같다.

2003년 10월 반갑지 않은 남사면장 자리가 손짓했

다. 그동안 진자리 마른자리 다 돌아다녀 보았어도 이 자리는 정말이지 꺼려졌다. 당시에는 남사로 가는 것을 모두 꺼렸다. 시골은 이웃에 관심이 많아 별일도 아닌 일을 시끄럽게 떠드는 통에 커져버린다. 왜 하필이면 나를 보낼까, 속상했다.

들려오는 말이 나를 더 서글프게 했다. 남자들은 시끄럽기만 하고 이리저리 휘둘리니 오히려 대가 센 여자를 보내야겠다는 시장님의 특별 배려로 내가 뽑혔다는 것이다. 걸핏하면 울기도 잘하고, 사소한 일에도 며칠씩 애간장을 태우는데 대가 세다니! 얼마나 여리고 부드러운데, 얼마나 따뜻한데. 눈물이 나려고 했다.

부임하는 날. 어수선한 내 마음과 달리 황금 물결이 일렁이는 풍경이 눈에 들어왔다. 사방을 둘러봐도 온통 자연뿐이다. 농촌 마을의 평화로운 광경을 보자 뭔지 모를 기대감이 슬며시 감돌았다. 여성으로는 처음이라니 사명감과 의무감도 생겼다. 주민들과 갈등 없이 면정을 펼치리라. 원칙과 소신, 그리고 대화. 새삼 내 자신에게 각오를 다짐했다.

부임 첫날 문서고를 살폈다. 소주와 음료수 박스가 쌓

여 있어 웬 거냐고 물었더니 마을 주민들이 관광 갈 때 주는 선물이란다. 있는 것만 소진하고 앞으로는 사지 말라고 했다. 지금이야 이런 일이 없지만 당시만 해도 인정이라고 여기던 시절이다. 찾아보니 뜻밖에 할 일이 많았다. 지금까지 해온 것처럼 하면 된다고 스스로 의지를 불태웠다.

첫 번째 이장 회의가 있던 날, 선포하다시피 알렸다. 거두절미하고 앞으로는 관광하는 날 협찬 선물은 없을 거라고 말했다. 반발이 심할 것이라고 예상했는데 의외로 조용했다. 그리고 마을의 공식적인 일에는 이장님들이 감독을 철저히 해달라는 말도 덧붙였다. 서먹한 가운데 뒷말 없이 지나갔다. 수지에서처럼 쌍심지를 켜며 고함치는 사람도 없었다.

기가 막혀서 가만히 있은 것인지, 아니면 오히려 여자니까 봐주느라고 그랬는지, 그도 아니면 나 역시 시골 출신이라 어떤 기운이 통했는지 그것은 잘 모르겠다. 어쨌든 무난하게 인사를 겸한 회의를 무사히 마쳤다. 아무래도 단체장들과 대화할 때 슬쩍 던진 말이 효과를 본 것 같았다.

이장 회의에 앞서 직원이 귀띔해준 대로 전하며 부탁했다. 남사에 발령 받으면 최소 2년은 있을 수 있도록 여러분들이 도와달라고, 남사를 위해서라도 서로 도와야 한다고 설득했다. 주민들 때문에 이곳을 떠난 공직자가 시청에 근무하면서 남사 지역으로 가는 예산을 주지 않는다면 결국 손해 보는 것은 남사가 아니냐고 말했다. 어떻게 보면 치졸한 협박으로 들릴 수도 있겠지만 솔직하게 대했더니 모두 맞는 말이라며 동의했다.

2개월이 채 지나지 않아서 중국 여행을 가는 이장단과 동행하게 되었다. 아직 얼굴도 다 익히지 못한 상태고, 개개인의 사정이나 성격도 몰라 조심스러운 가운데 떠난 여행이다. 이튿날 마이크를 잡고 가볍게 우스갯말을 던졌다. 여행 중 고쳐야 할 점을 슬며시 끼워 넣었다.

"자, 지금부터 G랄 시리즈를 말씀드리겠습니다. 제가 얘기하는 G랄은 약주 드시고, 소리 지르고! 호텔 방문을 발로 차는 그런 G랄이 아닙니다."

순간 한바탕 웃고 박수가 터져 나왔다. 내 말에 뜨끔하던 이도, 무슨 말을 할까 궁금해 하던 이도 긴장을 내려놓았다. 이처럼 가벼운 유머는 분위기를 부드럽게 하고 경계심을 허무는 계기가 된다. 나를 조금만 내려놓으면 상대도 긴장을 풀기 마련이다. 이 여행으로 한결 주민들과 가까워졌음은 말할 것도 없다.

어디든 편한 일 궂은일이 있게 마련이다. 면에서 궂은일은 미화원 아저씨들이 도맡는데 그분들의 근무 환경이 매우 열악했다. 샤워 시설은 물론 휴식 공간도 없다. 하천부지에 있는 적환장(매립장에 가기 전에 쓰레기를 임시로 모아 두는 곳)에 예산 2천만 원을 들여 휴식 공간과 샤워 시설을 만들기로 했다. 건설과와 협의했더니 안 된단다. 그럼에도 과감하게 밀어붙이고 이참에 세탁기도 들여놓았다.

"작업복 입고 퇴근하지 마세요. 그리고 필요한 것 있으면 말씀하세요."

이 말을 하면서도 스스로 용기를 내도록 부추겼다.

나중에 문제가 되면 어떤 형태로든 책임을 져야 한다. 다행히 문제로 불거지지 않고 지나갔다.

남사에서 가장 큰 이슈는 송탄 상수원 보호구역 해제다. 1979년 송탄 상수원 보호구역 지정 이후 남사면과

이동면이 가장 피해가 컸다. 평택시는 지방 상수도를 운영할 이유가 없다. 당시 하루 1만5000톤의 수돗물을 생산하기 위해 들어가는 인력과 시설물 유지 등은 경제 논리에 맞지 않았다.

평택시가 마음만 먹으면 1번 국도를 지나는 광역 상수도와 지방 상수도관을 연결만 하면 해결될 일이다. 평택호 수질 보존이라는 명분으로 보호구역 존치를 고집하면서도 취수원 아래에는 시민들의 물놀이 시설이 있다. 이런 모순이 없다.

남사면 주민들이 의기투합해 상수원 철폐추진위원회를 구성했다. 면사무소 회의실에서 모여 1차 집회를 하고, 평택시청에서 2차 집회를 하기로 했다.

현수막도 직접 제작했는데 인쇄소에서 만드는 것보다 더 절실해 보일 거라는 생각에서였다. 참석하는 분들에게 페트병에 자갈을 서너 개씩 넣어 오라고 했다. 흔들어댈 때 시끄러운 소리가 나도록 꾀를 낸 것이다. 집회 신고도 했다. 주민 500여 명이 상수원 보호구역을 철폐하라고 외쳤다. 초겨울이라 날씨가 꽤 쌀쌀했다. 대부분 연로한 어르신들이라 다칠까봐 긴장했다.

남사 지역은 남북으로 정서가 조금 달랐는데 이 집회로 남사면민들이 단합하는 계기가 되었다. 그 후에도 평택시장 면담을 요청했으나 만나주지 않아 출근 시간에 예고 없이 방문했다. 평택시 진위면 주민들과 함께 하면 효과적일 것 같아 여론을 모아갔다. 이 사실을 알고 평택시에서 놀라 진위면 주민들에게 원하는 것이 무엇이냐고 대화를 해서 마을에 저온 저장고를 지어준 것으로 기억한다.

고난을 함께 하면 주민들과 가족처럼 가까워진다. 비닐하우스에는 화훼와 오이, 토마토 같은 농작물을 재배한다. 이런 곳은 인력이 부족해 외국인 노동자들이 농사일을 한다. 말이 통하지 않아 작업 능률이 떨어지는 것 같아서 면사무소에서 한글 교실을 열려고 제안했다. 하지만 불법 체류자가 많아 모두들 꺼려해서 성사되지 못해 안타까웠다.

남사에는 천렵국이 유명하다. 진위천에서 물고기를 잡아 끓인 매운탕은 맛이 기가 막히다. 다른 곳으로 옮긴 뒤에도 남사면에서 가끔씩 부른다. 출근길 길목에서 김치를 건네주던 부녀회장님, 철에 따라 채소를 챙기면

'면장 갖다 주려고?' 하며 부인에게 놀림 받는다는 이장님들, 가을이면 햅쌀을 가져 오는 분도 있고, 정말 시골 인심과 정을 듬뿍 받았다. 이 인정은 지금까지도 이어져 온다. 시골이라 가능한 일이다. 처음에 꺼려했던 마음이 미안할 정도다.

꽃보직은 먼 곳에

인사이동 때마다 '남의 떡이 커 보인다'는 말을 실감한다. 내가 가는 자리는 항상 자갈밭이고 남이 가는 자리는 꽃길 같다. 설령 마음에 들어도 꺼리는 담당 업무를 맡았다고 여긴다. 여러 자리를 거치면서 크고 작은 실망을 겪어봤지만 이번 인사는 정말이지 절골지통(折骨之痛)이 따로 없었다. 충격이 너무 커서 몸을 가누기 힘들 지경이었다.

2005년 10월에 유림동장으로 발령 나는 것을 미리

알았다. 뭐? 나도 모르게 외마디가 절로 나왔다. 유림동은 당시 처인구 4개 동 가운데 인구가 가장 많아 행정 수요도 커서 고생이 이만저만한 곳이 아니다. 남사면에서 겨우 자리를 잡았더니 이번에는 상현동과 버금갈 만큼 머리털이 숭숭 빠질 게 뻔했다.

흥분을 가라앉히고 시장실에 전화해 확인했다.

"시장님, 제가 유림동장으로 간다는 말이 있는데 사실입니까?"

"남숙아, 미안하다."

거두절미하고 이름을 부르며 미안하다는데 할말을 잃었다.

알겠다고 하고 전화를 끊을 수밖에 없었다. 아무리 마음을 다잡으려 해도 울분이 쉽게 가라앉지 않았다.

그날 남사 지역 사회 단체장과 이장님 몇 분이 위로해 줄 겸 평택항까지 갔다. 거기서 늦은 점심을 먹으며 술을 마셨다. 그날은 태어나서 술을 가장 많이 마신 날이다. 주체할 수 없이 휘몰아치는 감정이 술을 찾았다. 평택항에 모든 울분을 털어버리고 면사무소로 돌아왔다. 잠깐 망설였지만, 시간이 많이 지났으니까 괜찮겠지 싶어 운전대를 잡았다. 내 자신의 치부를, 내 인생 최대의 오점을 고백하려니 숨이 막힌다. 비난을 받아도 마땅하고, 입이 수백 개라도 할 말이 없는 짓거리다.

남사면사무소에서 집까지 조심조심 차를 몰았다. 무사히 집 근처까지 와서 한숨 돌리려는 순간 형광 조끼를 입은 사람이 보였다. 신호봉과 나바콘을 들고 움직이는 사람을 보고 심장이 조여들며 후회가 몰려왔다. 뒤늦은 후회를 절감했다. 한없이 방망이질 하는 심장을 어쩌지 못하는 그 순간, 어라? 눈앞의 상황을 보자마자 가슴을 쓸어내렸다. 가스관 공사를 위해 차선을 정리하는 중이다. 하늘이 나를 살렸다. 이날의 경험으로 음주운전이라면 기겁한다.

다시 한 번 심기일전의 기회로 삼아 유림동장 업무에 박차를 가했다. 이때만 해도 전산이 자동 계산이 안 되던 시기다. 일일이 손으로 계산한 뒤에 전산 등록을 해야 해서 보육료 지원 시기에는 복지 담당자가 끼니도 거른 채 일할 정도로 바쁘다. 유아 교육비를 지원받고 있더라도 소득과 재산에 변동 사항이 업그레이드되지 않아 매년 새로 신청해야 한다. 지원금을 받기 위해 신학기에는 신청서가 몰려 업무가 폭주한다. 이외에도 사회복지 업무는 과로할 수밖에 없는 형태다.

간혹 사회복지사가 자살하는 안타까운 사건이 뉴스에 나오면 남의 일 같지 않다.

구청에 도움을 요청했다. 구청장님의 배려로 복지담당 직원을 한 명 증원해도 손이 모자랐다. 처인구, 수지구에 이어 기흥구가 신설되면서 신규 공직자가 늘어났다. 유림동에도 신입 공무원이 많이 왔다. 이들을 차에 태워 동 경계와 시의 경계 지점을 알려주었다.

돌아오는 길에 벼를 심기 위해 논에 물을 댄 곳을 지날 때였다. 누군가 그것을 보더니 야, 저수지다! 하고 소리친다. 새내기 눈에는 논인지 저수지인지 분간이 안 되는 모양이다. 아이고, 소리가 절로 나왔다. 이러던 직원들이 몇 년 지나면 각자 위치에서 역량을 충분히 발휘하고 있다. 신규 발령을 받았을 때 누구한테 일을 배웠느냐가 매우 중요하다. 당시 장 사무장은 직원 교육을 맡아 친절하고 자세하게 업무를 가르쳐주었다.

어느 날 이상한 소리가 내 귀에까지 들어왔다. 동장이 싸가지가 없다는 것이다. 처음 들어본 소리라 뭔 말인가

했다. 이유인 즉 인사를 하러 오지 않는다는 것이다. 인사할 곳은 다 다녀왔는데? 그나저나 동장이 일일이 인사를 하러 가야 하나. 누가 누구인지 알고 인사를 다닌다는 말인가, 하고 그냥 넘겼다.

이런 경우가 처음이라 신경이 좀 쓰였다. 대수롭지 않게 여기려 해도 성인군자가 아닌 평범한 사람인지라 한동안 머릿속에 남았다. 왜 이런 말이 나오는지 알아보니 시민의 날, 경로잔치 같은 지역 행사가 있을 때마다 찬조를 하신 분이다. 여러 모로 지원을 했으니 인사를 받고 싶었던 것 같다. 그렇다고 대뜸 싸가지가 없다는 말은 너무 심했다.

방법을 찾다가 예산 범위 내에서만 행사를 하도록 하고 앞으로는 찬조금을 받지 않도록 했다. 아무래도 돈이 오가면 불협화음이 생기기도 하고 뒷말이 나올 여지가 있다. 찬조금 없이 예산만으로도 얼마든지 행사를 할 수 있겠다고 생각했다. 당연히 껄끄러운 문제가 사라졌다.

유림동장 시절 직원들과 야유회 가서 축구한 것도 기억에 남는다. 장 사무장이 멋있게 오버헤드킥을 했다. 프로 선수나 할 수 있는 포즈다. 여기까지는 모두 박수를 치고 좋았다. 멋진 포즈에 탄복하고 있는데, 순간 아악! 외마디 소리를 내더니 장 사무장이 나뒹굴었다. 팔꿈치가 빠져 덜렁거린다. 괜찮아? 하고 손을 대자 비명을 내지른다. 엄살 떨지 마. 애기 낳을 때만큼 안 아파. 알아? 하면서 대수롭지 않게 말했지만 고통스러워하는 모습에 초조했다. 식은땀이 났다. 강원도 시골이라 구급차가 오는 데 한참 걸렸다. 이후 장 사무장은 한동안 깁스를 하고 다녔다.(장 사무장, 고생했어요!)

동장을 하면서 구청과 고지서 송달 업무 때문에 충돌한 적도 있었다. 엄밀히 따지면 동장은 고지서를 발부할 권한이 없다. 그런데도 구청에서는 '보내는 사람'을 동장으로 기록한다. 권한이 없는 자가 한 행정 행위는 무효가 아닌가? 일이 많으면 동 직원의 협조를 받아서 하면 되는데 굳이 이렇게 하는 이유가 뻔해서 화가 났다.

고지서가 반송되어 오면 일정 기간 게시하는 '공시 송달'을 해야 하는데 귀찮은 명부 작성을 동에서 하라는 속셈이 명백하다. 이런 일은 상현동장 시절에도 똑같이 벌어졌다. 그때도 동장이 할 수 없는 일이라고 강력하게 항의했다. 그랬더니 보란 듯이 당시 수지출장소(현 수지구청)에서 봉투 작업을 완료한 뒤에 박스에 담아 상현동 사무소까지 가지고 왔다. 동에서 우체국에 갖다주란다. 어차피 요금별납 아닌가? 게다가 출장소 건너편에 우체국이 있는데 동사무소까지 가지고 오는 심보는 또 뭔가. 출장소와 우체국은 길 하나 사이에 있고, 상현동사무소에서 우체국까지 1킬로미터나 가야 하는 거리다.

당시 세정계장이 진급해서 동장으로 발령 받은 뒤 나를 보더니 '우리 구는 고지서를 구청에서 송달한다'고 자랑스럽게 말했다. 예전에 고지서 발부 건으로 다툴 때 담당 계장이던 본인이 그렇게 하면 안 된다는 것을 잘 알면서도 침묵한 일이 떠올랐다. 아니, 왜 남의 일을 뺏어 하느냐고 월권하지 말라고, 업무를 가지고 왔어야지, 했더니 머쓱해 한다.

반드시 세정과장을 해서 이런 일은 바로잡아야겠다는 생각을 했다. 그러나 세정과장은 끝내 못 했고, 그 뒤 업무는 바로잡혔지만 그것도 권력이라고 갑질을 하니 한심할 뿐이다.

5장

공무원으로 산다는 것

욕 먹어도 할 수 없지

국가든 회사든 개인이든 살림살이를 꼼꼼하게 챙기면 절약할 수 있는 부분이 있고, 좀 더 합리적으로 꾸려나갈 길이 보인다. 개인적인 시간관리와 지출도 마찬가지다. 여성 특유의 섬세함과 부드러움은 살림 규모를 알뜰하게 꾸려나갈 수 있다. 하려고 들면 끝도 없는 일이 집안일인 것처럼 공무원이 하는 일도 마찬가지다.

2006년이 되었다. 정년까지 남은 기간은 딱 10년. 내 나이도 오십, 하늘의 명을 안다는 지천명이 되었다. 100

세 인생에서는 이제 전반전을 뛴 셈이고, 공직생활로 치면 후반기로 무르익은 시절이다.

그해 7월 여성회관 관장으로 발령받았다. 여성회관은 2004년 개관할 당시 여성정책 계장 시절에 추진해 착공식을 직접 수행했기에 인연이 깊은 곳이다. 늘어난 인구에 비해 문화 복지시설이라고는 전무한 수지 지역에 여성회관이 들어서자 주민들의 기대와 관심을 받았었다. 이 자리에 수장으로 오니 뭔가 할 일이 기다리고 있을 것 같은 예감으로 가슴이 설레었다.

그런데 며칠 지나지 않아 조사계에서 개관 당시의 서류를 보자고 해서 의아했다. 개관한 지 2년이나 지났고, 관장이 바뀐 지 며칠밖에 안 된 때에 전임자의 서류를 아무 사유 없이 들춰내 보인다면 오해 받을 소지가 충분했다. 이미 감사도 다 끝난 일인데 이러지 말라고 했더니 알았다고 물러섰다가 며칠 지나면 또 다시 서류를 요구했다. 이러기를 몇 차례 하는 사이 신경이 날카로워졌다.

할 수 없이 감사 담당관에게 전화를 걸어 대체 무슨 일 때문에 이러느냐고 물었더니 금시초문이란다. 누군가가 무슨 목적으로 그랬는지 모르겠지만 그 뒤로는 애초에 없던 일처럼 지나가버렸다. 이빨 사이에 실오라기가 낀 것 같은 찜찜함이 사라졌어도 무언가 이상한 기운이 뇌리에 남았다. 어떤 이가 무슨 까닭으로 그러는지 몰라도 마음에 꺼릴 일이 없으니 바쁜 일상에 묻혀 그냥저냥 넘어갔다.

그러는 사이 주차장 관리 직원들이 찾아와 근무 환경이 너무 열악하고 이용자들에게 받는 스트레스 때문에 힘들다고 하소연했다. 비싼 승용차를 타고 와서는 주차요금 몇 백 원 때문에 비인격적인 행동을 서슴지 않는다는 것이다. 그 말을 듣고 기가 찼다. 4시간까지 무료로 주차하고 초과 요금이라고 해봐야 300원이다. 그 주차비 때문에 욕설은 물론이고 10원짜리 동전을 내던지는 일도 있다고 한다.

이참에 주차장 운영을 전반적으로 검토해 효율적인 방향으로 바꾸기로 했다.

근무시간을 조절하고 3시간 이용 시 기본요금 천 원에 초과 시에는 10분당 300원으로 정했다. 여성회관 시설 이용자의 감면 혜택을 없애고, 일괄적으로 기본요금을 내도록 했다. 그리고 여성회관 주변 도로의 불법주차를 해소하기 위해 주차권 할인 제도를 새로 만들었다. 주변 상가를 이용하는 시민들을 위해 할인권 제도를 만들면 일거양득이라고 생각했다. 상가에서는 주차권을 싸게 구입해 고객들에게 편의를 주면 자연히 손님도 늘어날 것이다.

기존에는 여성회관 시설 이용자는 4시간을 무료로 사용한 반면 어쩌다 한 번 방문하는 시민은 똑같은 시간을 이용하고 6300원을 내야 했다. 뭔가 불합리했다. 같은 용인 시민인데 공평하지 않다고 생각했다. 무엇보다 여성회관 주변의 불법주차로 인해 도로가 제 기능을 하지 못하고 있어 도로의 기능을 회복하는 데 목적이 있음을 분명히 했다.

우려하는 부시장님을 설득해 '민원은 제가 책임지겠다'는 말로 결재를 받아냈다.

시장님도 천 원이면 거저지, 하면서 결재했다. 결재를 받자마자 내빼듯이 방을 나왔다. 혹시라도 민원을 염려한 나머지 다시 마음이 변할까봐 발걸음을 재촉했다. 이제 조례만 공고하면 된다. 이 고개는 험난하리라.

예상대로 조례를 공고하자 엄청난 민원과 이의 신청이 빗발쳤다. 설령 올바르고 좋은 취지라 해도 받아들이는 입장에서는 낯설기 마련이다. 더군다나 무료로 이용하다가 천 원을 내야 하니 반발이 컸다.

굽히지 않고 재공고를 통해 그대로 진행했다. 민원인들에게 시달릴 직원들을 위해 대응 매뉴얼도 만들어주었다. 길어야 2개월이라고 확신했다. 직원들에게 2개월만 고생하자고 격려했다. 연말까지 남은 4개월 정도만 직영으로 운영하고 새해부터는 위탁해야겠다고 생각했다. 어떡하든 민원인들을 설득해 나가면서 시간을 벌어야 한다.

그런데 각오가 무색해질 정도로 1개월도 채 지나지 않아 안정되었다. 시설공단(현 용인도시공사)에서 위탁받기를 희망해왔다. 시설공단은 시 산하 사업소이기 때문에 수의계약이 가능하다. 그렇지 않아도 내심 시설공단에서 맡으면 좋겠다고 생각한 터라 일을 무난하게 진행할 수 있었다. 그동안 고생한 직원들의 얼굴도 밝아졌다. 한고비를 넘겼다. 내내 긴장해 있던 어깨가 비로소 풀리는 기분이었다.

새 조례로 시행해 시설공단에서 맡고 나자 연간 2억4천만 원쯤 적자 나던 것이 2억 이상 흑자로 돌아섰다. 주변 상가에서 주차 할인권을 사는 일도 늘어났다. 여성회관 부근에 무질서하게 늘어섰던 불법주차도 적잖이 해소되었다. 텅텅 비던 주차장이 빈 자리를 찾느라 애써야 할 정도로 이용객이 늘었다. 이 사안은 그 어떤 일보다 기억에 남는 일이고, 또 가장 잘한 일이라고 생각한다.

또 한 가지 기억에 남는 일은 여성회관에서 운영하던 셔틀버스를 중단한 일이다. 어렵사리 추진한 일이 기억에 남는 듯하다.

여성회관 셔틀버스 한 대를 운영하려면 월 350만원이 들어간다. 그중 기흥구 노선은 이용객이 평균 3명밖에 안되었다. 이 노선을 없앴더니 바로 민원이 터져 나왔다. 평소 이용하지 않는 주민까지 가세해 항의가 빗발쳤다. 가정 살림을 하듯 여성회관 살림을 맡은 사람으로서 이런 경우에도 버스 운행을 하는 게 타당한 것이냐고 되물으며 설득했다. 맞는 말이라고 하면서도 주장을 굽히지 않더니 며칠 뒤에는 시민시장실로 나를 호출했다.

서로가 같은 말로 도돌이표를 주고받으며 결론을 내

지 못하고 지지부진했다. 예정 시간이 끝나갈 무렵 주민 대표가 '관장님이 생각을 바꿔달라'며 일방적으로 박수를 쳤다. 자신의 살림이라면 이렇게까지 막무가내로 할 수 없을 것이다.

악수까지 청하는데 마음을 숨기고 손을 내밀 수가 없었다. 못 이기는 척 악수 하고 넘어갈 수 있는 부분일지도 모른다. 하지만 그런 어정쩡한 태도는 나중에 공연히 분란의 소지만 남길 뿐이다. 이런 점이 나의 단점이라면 단점이지만 구렁이 담 넘어가듯 우유부단한 것보다 낫다고 생각했다. 더구나 셔틀버스 운행은 여객자동차운수법과 선거법 위반이다. 법을 집행하는 행정기관이 법을 위반하면 안 될 일이다. 결국 내 소신이 관철되었다.

여성회관 공연장은 여러 단체에서 대관을 신청한다. 그런데 공연 목적에 맞지 않게 정당 활동이나 종교 행사를 위해 요청하는 경우도 많다. 조례도 공연 목적 외에는 사용하지 못한다고 해놓았다. 그런데 한번은 대관 문제로 통화를 하던 중 모 국회의원 비서관이 "국회의원 비서관이 그렇게 우스운 줄 알아?"하며 반말로 소리를 질렀다.

나도 모르게 맞받아쳤다. “야! 여성회관 관장이 그렇게 우스운 줄 알아? 이 자리에 오는데 30년 걸렸어!”

권력을 등에 업고 소리를 내지르는 게 못마땅했다. 서로 의논해서 방법을 찾아도 될 일을 갑질을 하려고 들면 내 안의 도화선에 불이 당겨진다.

여성회관 내부 구조를 단장한 것도 기억에 남는다. 시민들에게 쾌적하고 편리한 공간을 제공할 수 있어서 볼 때마다 흐뭇했다. 사실 여성회관이란 명칭도 바꾸었으면 좋겠다는 생각을 꽤 오랫동안 했다. 시대에 맞지 않고 용도에도 맞지 않다는 생각은 지금도 변함이 없다. 2년 6개월 동안 많은 일을 겪으며 보람도 있었지만 우여곡절도 많았다.

영업 뛰는 공무원

여성회관 일을 하면서 스스로도 성장했고 한편으로 부족함도 느꼈다. 이 일을 계기로 공부를 더 해야겠다는 욕구도 생겼다. 업무에 도움이 되고자 공연과 예술 분야를 더 알고 싶었다. 그래서 단국대 대학원에 진학해 예술경영학을 공부했다(이에 관해서는 2장 부분에서 자세히 썼다).

여성회관은 교육시설과 스포츠, 공연시설이 잘되어 있어 종일 사람들로 북적인다. 공연장이 생김으로써 문화시설이 없던 수지에 활력을 불어넣었다. 문화예술에 목마른 시민들에게 오아시스 같은 역할을 톡톡히 했다. 무료 공연이 있는 매주 화요일은 사람들로 북새통을 이룬다. 전임 관장을 비롯해 직원들이 잘 운영한 덕분이었다. 내가 맡은 동안 더욱 발전시키리라 다짐했다. 다양한 프로그램을 짜고 공연 공고가 나가자마자 600석 규모의 좌석이 순식간에 마감되었다.

하지만 얼마 지나지 않아 여러 문제점이 드러났다. 그중에 무료 공연으로 생기는 폐단이 제일 큰 문제였다. 공연 예약을 해놓고 나타나지 않는 사람도 많았다. 이러면 다른 사람의 기회를 빼앗는 셈이 된다. 또 예약하지 않고 와서는 표를 내놓으라고 떼를 쓰다가 여의치 않으면 택시비를 달라고 생떼를 써서 업무를 방해한다. 다른 관람객한테도 폐가 되고 계속 싸우고 있을 수도 없어 돈을 줘서 보낸 일도 있다. 어린아이 입장 불가 공연에 아기를 데리고 와서 안고 보겠다고 해서 설명하느라 진땀을 빼는 등 다양하게 시달림을 받았다.

뭔가 개선책이 필요했다. 직원들과 회의하며 여러 날을 고심했다. 다른 곳은 어떻게 운영하는지 다방면으로 벤치마킹했다. 이런저런 시달림에서 벗어나는 건 물론이고, 격조 있는 공연장으로 탈바꿈하고자 고심했다. 회의 중에 누군가의 입에서 유료화란 말이 나왔다. 유료화? 그래, 유료화! 이거야말로 한 방이다. 가슴이 두근거렸다.

일단 유료 공연에 의미를 두기로 했다. 첫 번째 유료 공연은 '클로드 볼링 20인조 밴드' 공연이다. 세종문화회관에서는 같은 공연의 티켓을 10만원으로 책정했기에 우리는 6만원으로 정했다. 막상 유료로 해놓고 나자 가슴이 조마조마했다. 표가 팔리지 않으면 어쩌지? 시간이 지날수록 걱정이 눈덩이처럼 커졌다.

괜히 긁어 부스럼을 만든 건 아닌지 초조한 마음으로 날마다 매표 상황을 확인했다. 꾸준히 팔리고는 있으나 600석이 다 차려면 아직 멀었다. 관장이 안절부절 못하니 직원들도 좌불안석이다.

여성회관 홈페이지에 배너광고를 띄우고, 거리에 현수막을 달아도 도무지 마음이 놓이지 않았다. 매표 현황만 살피고 앉아 있을 수 없다.

궁리 끝에 직접 표를 팔아보자고 결심하고 수원에 있

는 모 공기업에 갔다. 하지만 연초에 다른 공연을 이미 예약해 놓아서 팔아줄 수 없다는 답을 들었다. 그러면서 공무원이 직접 세일까지 다니느냐고 놀랍다는 반응을 보였다. 공무원이라고 가만히 앉아서 관객이 오기만을 기다려서는 안되는 것 아닌가? 혼자 반문하며 마음을 추스르고 이번에는 금융기관을 찾아가 VIP 고객의 선물로 권했다.

세 군데를 돌아 80장을 팔았다. 성공이다. 이 정도면 매진이 가능해 보인다. 서울에서도 전화가 온다. 광화문에서 가려면 어떻게 가느냐고 공연 장소를 묻는 전화를 받으며 한껏 고무되었다. 거리는 문제가 아니라는 걸 알았다. 공연의 성패는 어떤 공연인가에 달렸다는 걸 깨달았다.

다음은 손님맞이에 최선을 다하기로 하고 공연장을 하나하나 점검했다. 객석 의자를 모두 닦고 방향제까지 뿌렸다. 이만하면 완벽한 준비다. 공연을 한 시간 앞두고 마지막 표가 드디어 팔렸다. 매진이다! 직원들 모두 얼싸안고 감격의 눈물을 흘렸다.

작은 기적은 여기서 그치지 않았다. 무료 공연 때는

는 말썽도 많았는데 유료 공연으로 바꾸자 그 많던 민원이 거짓말처럼 모두 사라진 것이다.

자신감이 생겼다. 더 좋은 공연과 서비스로 보답하는 일만 남았다. 이후 조수미와 정명훈이 이끄는 서울시향 신년음악회 같은 최고의 공연을 유치했다. 대부분 90% 이상 객석 점유율을 유지했다. 이만하며 대성공이다. 이 일로 예술에 대한 안목도 한층 더 높아졌고 좋은 경험이 되었다.

2006년 12월 31일에 송년음악회 겸 제야의 종 타종 행사를 하자는 의견이 모아졌다. 여성회관 광장에 종을 설치해 큰 어울마당에서 시립 오케스트라와 합창단의 송년음악회 연주가 끝나면 참가자 모두 밖으로 나와 제야의 종을 타종하자는 내용이다. 직원들이 전문 기획자는 아니어도 열정이 대단했다. 나는 직원들이 어떤 의견을 내든 긍정적으로 받아들인다. 그래 한번 해보자! 하는 마음으로 진행했다.

종은 진천에서 빌렸다. 원래 기흥구 고매동에 공장이 있었는데 공장 증축이 불가해 진천으로 옮겨간 업체이다. 각계각층에서 골고루 타종할 사람을 뽑았다. 행사 분위기를 좀 더 돋우기 위해 폭죽도 터트리기로 했다. 폭죽은 경찰서 허가 사항이다. 신고하러 갔더니 주택가인데다 대로변이라 소음과 불꽃이 차량에 떨어지면 민원도 생기고 위험하다며 난처해 했다.

담당자의 말을 듣자 더 이상 고집할 수 없었다. 나 역시 공무원인데 담당자에게 부담을 줄 수는 없다. 이미 준비를 다 끝낸 뒤라 이럴 때는 하느냐 마느냐, 하는 문제는 오로지 책임자 결정밖에 없다. 지금까지 해온 것처럼 밀고 나갈 일이 아니라 고심했다. 마음속 깊은 곳에서 해봐! 하는 소리가 슬금슬금 올라왔다.

광장에 24톤짜리 거대한 종을 설치하고, 실내와 야외에서의 행사 준비에 철저를 기하면서 안전에 대비했다. 연말연시라 소음으로 인한 민원은 그리 크지 않을 거라 예측했다. 그래도 혹시 민원이 생기면 사과하고 앞으로는 안 하겠다고 하면 넘어가리라 여겼다. 폭죽 파편은 운에 맡겼다. 심장이 다 떨렸다.

드디어 자정이 되었다.

하나, 둘, 셋!

33번의 종이 울려 퍼지고, 옥상에서는 폭죽이 터졌다.

광장에 있던 시민들은 환호하며 열광했다. 다행히 불꽃이 차량에 떨어지지도 않았고 민원도 발생하지 않았다. 가슴을 쓸어내렸다. 내 인생에서 잊지 못할 새해가 밝아온 날이다.

불가사의한 인간군상

공무원은 인사이동 때마다 생애 전환점을 맞는다. 자리에 따라 희비가 엇갈리기도 하고, 기대와 절망이 교차한다.

용인시는 인구가 폭발적으로 늘어나 어느 곳이든 산더미 같은 일이 기다리고 있다. 개중에는 예상치 못한 복병이나 다름없는 일로 고전을 겪기도 한다. 그렇다고 이의를 표할 수도 없기에 맡은 업무에 최선을 다할 수밖에.

2009년 1월 2일 새해에 첫 출근했더니 용인시 주민생활과장 자리가 기다리고 있었다. 자리를 옮기자마자 6.25 참전수당으로 골머리가 아팠다. 그때까지 매월 2만원씩 지급해 왔는데 조례를 개정해 거주 5년이 지난 뒤부터 5만원을 지급하도록 바뀐 것이다. 5만원 인상은 반가운 일인데 5년이 안 된 어르신들은 받지 못하는 일이 생겼다.

조례를 개정할 때 이런 불합리한 점을 세심하게 살펴보았어야 했는데 그러지 못해 벌어진 일이다. 혜택을 받다가 못 받게 된 어르신들의 낙담이 이만저만이 아니었다. 약 2개월 동안 일일이 설명하고 이해시키느라 목이 다 쉬었다. 설명을 듣고 쓸쓸히 발길을 돌리는 분도 계시고, 역정을 내다 제풀에 지쳐버린 모습을 보며 안타까웠다. 나중에 다시 조례를 개정해 거주 기간에 상관없이 지급하는 것으로 바뀌어 비로소 마음이 가벼워졌다.

희망근로 사업도 애를 먹었다. 희망근로 사업은 경기침체와 실업자 증가에 따른 민생안정 대책의 일환으로 정부가 추진하는 사회적 공공 일자리 사업이다. 저소득층에게 한시적이나마 일자리를 제공해 생계를 지원하고, 이로 인해 어려운 지역 상권을 활성화한다는 목적으로 만들었다. 지급액을 월 90만원 내외로 책정하고, 그 중 30% 이상은 희망근로 상품권으로 지급하도록 했다. 상품권은 지역 상가에서 바로 쓸 수 있다. 사업비가 연 268억 원으로 하루에 4천 명을 투입해야 소진할 수 있는 금액이다. 근무 조건은 주 5일, 하루 8시간, 임금은 하루에 3만3000원(현금 70%, 상품권 30%)으로 4대 보험 가입과 주 · 연차로 유급 휴가도 준다. 이외에 간식비와 교통비는 별도로 지급한다.

그런데 아무리 좋은 사업이라도 참여자가 없으면 헛일이다. 사업 발굴과 참여자 모집이 급선무다. 희망한다고 아무나 참여시킬 수도 없는 일이다. 참여 자격이 만 18세 이상이어야 하고, 가구 소득이 최저생계비 120% 이하이면서, 재산이 1억3500만 원 이하로 한정되어 있다. 국민기초생활보장법상의 수급자와 공공근로사업 연속 3단계 이상 참여 중이거나, 3단계 참여 중에 포기한 자나 사회적 일자리, 노인 일자리 같은 사업에 참여했던 사람들, 또 구직 등록 시스템인 '일 모아 시스템'에 등록한 사람들은 제외했다. 참여 자격이 까다로웠다.

이렇다 보니 사업을 진행하기가 쉽지 않고, 목표 달

성을 이루기가 애당초부터 어려웠다. 아무리 좋은 취지라도 이런 상황에서는 뾰족한 수가 없어 난감했다. 차포 떼고 두는 장기처럼 목표 달성은커녕 진척이 없어 답답한 마음에 예산서를 다시 꼼꼼하게 검토했다. 분명 해결책이 있으리라 생각하고 찾아보았다.

역시 뜻이 있는 곳에 길이 있다. 시 예산으로 편성한 공원 관리와 도로변 제초 작업 같은 몇 가지 일을 희망근로 사업으로 대체하면 시 예산도 절약할 수 있고 사업비도 활용할 수 있는 좋은 방안이 떠올랐다. 부지런히 공문을 작성해 공원 관리 부서에 협조 공문을 보냈다.

하지만 호응은커녕 아무 반응이 없었다. 악플보다 무서운 게 무플이라더니 이렇게 무반응에는 뭘 어찌해야 할지 더 이상 어떤 대책을 세울 수도 없다. 사업비 항목만 변경하면 가능한 일인데 단지 번거롭다는 이유로 가타부타 말조차 없다. 사업 진척은 전혀 없고, 행안부에서는 날마다 닦달하다시피 성과를 물어 그야말로 사면초가에 빠졌다.

그렇다고 물러서거나 주저앉을 수도 없다. 아무리 궁리해 봐야 더 이상 차선책을 찾을 수도 없어 고심 끝에 읍면동별로 사업비를 나누어 배정했다. 다른 부서에 할당하는 것으로 일처리를 하는 게 싫었지만 어쩔 수 없었다. 공무원을 하면서 가장 눈살을 찌푸리게 하는 안일한 짓이다. 이런 일을 내가 직접 하다니 한심하기 짝이 없다.

결국 이 사업은 전국적으로 문제점이 드러나기 시작했다. 중앙 정부가 밀어붙이니 대상자가 아닌 사람이 참여하는 일도 생겼다. 꿩 먹고 알 먹기 식으로 등산로 쓰레기를 줍는다는 명목으로 등산하고 사업비를 챙겨먹는 웃지 못할 일도 생겼다. 곳곳에서 문제점이 불거져 언론에까지 보도 되었다. 민간단체에서 진행하는 사업은 시에서 보조금을 받아 치르기도 한다. 그야말로 염불은 뒷전이고 잿밥에만 혈안이 된 경우를 본다. 세금이 줄줄 새는 게 보여도 내 힘으로 어쩌지 못할 때마다 낯이 뜨거워진다.

길을 지나다보면 내 손길이 스쳐간 곳을 본다. 애정이 묻어나는 장소도 있고, 애수를 불러일으키는 곳도 있다. 더러는 세월이 한참 지난 일인데도 그 시절이 떠올라 눈살이 찌푸려지기도 한다. 온갖 우여곡절을 겪은 장소는 아쉬움이 남기도 하고, 그런 과정에서 인생 공부를 한 것도 사실이다.

예산을 세우고 일을 진행하는 과정에서 주민들의 의견을 수렴해야 하는 경우가 있다. 6.25 참전 유공자 공적비와 호국무공수훈자 공적비, 그리고 6.25와 베트남 참전 전사자 공적비, 베트남 참전 유공자 공적비를 비롯해 3·1 만세탑 설립을 하려면 예산도 예산이지만 장소를 정하는 것도 큰 문제고 설립 취지를 담는 것도 중요하다. 이때도 정말이지 다양한 인간군상의 몰염치한 일도 겪었다. 그 뒤로 가끔 그 사람을 마주치게 되면 저절로 피하고 만다. 떠올리고 싶지 않은 기억이 방금 전 일처럼 생생해지기 때문이다.

독립운동 기념사업으로 만세탑과 유물 전시관도 의견이 분분한 가운데 예산을 들여 설립했다. 처음부터 유물전시관은 전시할 유물도 별로 없고, 실효성도 없을 거라 여겼다. 예산 낭비가 될 것이 뻔한 일이 되리라는 판단으로 설득했지만 안 되었다. 결국 유물 전시관은 내 예상이 맞았다. 지역신문에서 이용객이 없다시피 해 예산 낭비임을 지적했다.

본인 돈이라면 절대 함부로 쓰지 않겠지. 주장한 이조차 이용하지 않을 시설이 될 게 뻔한데 왜 고집하는지 그 속을 들여다보고 싶을 정도로 이상하다. 이렇게 이해불가한 일을 겪을 때마다 공무원으로서 자존감이 바닥으로 떨어진다. 아무리 의욕적으로 일하려고 해도 사람들의 이기심을 만나면 사기가 꺾이고 만다.

세금을 쓰는 일

돈과 관련 없는 부서에서 일하면 마음의 부담이 덜하다. 하지만 돈과 밀접한 업무를 맡으면 아무래도 긴장하고 더욱 세심하게 살피게 된다. 그런 의미에서 도시사업소장 발령은 꽤 막중했다. 그때까지 어떤 부서에 가더라도 자신 있고 의연하게 대처했는데 2011년 8월 1일 아침에 받은 발령 소식은 특별했다.

그동안 여러 부서를 두루 거쳤어도 이렇게 큰 사업을 펼치는 부서는 처음이라 부담감으로 가슴이 짓눌렸다.

평온의 숲과 보정동 종합복지관, 용인시민체육공원, 경전철 같은 대형 사업을 추진 중에 있었는데 이 업무를 관장하는 곳이 도시사업소다. 1년 단위로 끝나고 소멸하는 사업이 아니라 몇 년, 혹은 몇 십 년에 걸쳐 진행하고 오랫동안 사용하는 일이라 처음 시작부터 시일이 오래 걸렸다. 또 어느 것 하나 예정대로 착착 순조롭게 진행되지 못하고 있다.

특히 경전철 사업은 민간 투자를 포함한 대규모 사업으로 국제 소송 중에 있었다. 1995년부터 시작한 이 사업은 국제중재 판정과 사업 정상화를 위한 당사자 양해각서를 체결하는 등 복잡다단한 과정을 거쳐 2013년 4월에 개통해 지금까지 운영하고 있다. 어쩌다 경전철을 타는 일이 생기면 그 당시 고생한 일이 온몸에 스치며 감회에 젖는다.

평온의 숲과 용인시민체육공원, 보정동 종합복지관도 모두 몇 년에서 십년 가까이 걸려 사업을 추진하면서 어려움이 많았다. 사업 규모에 따라 대부분 몇 천억이 들어가는 사업이고 용인시민체육공원은 5천억 원이 넘는 대형 프로젝트다. 워낙 큰 사업이다 보니 중간에 사업비가 부족해 지지부진과 우여곡절도 겪고 어느 것 하나 순조로운 날이 없었다.

도시사업소장 재직 1년 7개월 동안은 그야말로 공무원 생활 중에 한 번도 경험하지 못한 일을 다양하게 경험했다. 그때는 정말이지 하루도 무난한 날이 없을 정도로 뛰어다녔다. 대부분 몇 천억 원이나 하는 규모라 처음에는 숫자가 워낙 커서 실감나지 않았다. 그래도 시민들의 세금을 움직이는 일이므로 어깨가 무거웠다. 그 역경을 극복해 나가기까지 무척 힘들었음은 말할 것도 없다.

2013년 1월에 평생교육원장으로 발령 받았다. 도시사업소장을 하며 에너지가 다 방출되다시피 해서 평생교육원장 자리는 그나마 수월했다. 게다가 이곳은 두 번째로 발령받은 곳이어서 새롭거나 낯설지 않았다. 사소하지만 뿌듯한 일은 전 · 의경과 군 장병들에게 도서 대출 사업을 제안한 일이다. 이 일은 지금까지 이어져 오고 있다.

같은 해 8월 6일에 재정경제국장으로 전보되었다. 시의 총예산을 관장하는 부서로 당시 용인시는 경전철 관련으로 국제중재 판정 결과 민간 투자비를 상환하기 위해 5153억 원의 지방채를 발행한 상태여서 재정적으로 매우 어려운 상황에 놓여 있었다. 뿐만 아니라 용인도시공사가 택지개발한 지역의 토지가 매각되지 않아 부도 위기에 처해 매스컴에 오르내리고 정말 시끄러웠다.

용인도시공사 사장이 공석이라 재정경제국장과 함께 도시공사 사장 직무대행을 맡아가면서 업무 정상화를 위해 TF팀을 꾸려 문제를 풀어나가는 일도 순조롭지 않았다. 토지 매각을 위해 수차례 도시공사 이사회를 열면서 갈등이 생겼다. 이런 과정에서 곧 진급해야 하는 직원이 있는데 진급은커녕 일에 얽혀 징계를 받을까 염려가 되었다. 아무리 정신없이 바빠도 아랫사람은 챙겨야 했다. 그 직원의 승진을 요구하고 다른 부서로 보내 줄 것을 요청했다. 후에 그의 승진 소식을 듣고 비로소 마음의 짐을 덜었다.

매일매일 긴장 속에서 사무실과 도시공사, 의회, 행정안전부, 국회 등을 다니면서 난관에 빠진 상황을 해결하기 위해 뛰어다녔다. 지금도 그때 일을 떠올리면 머리카락이 쭈뼛 선다. 그 후 도시공사는 토지 매각이 되면서 정상으로 돌아왔다. 도시공사의 위기 상황을 가까스로 넘기고 자리 이동이 있었다.

2014년 4월 상하수도 사업소장으로 옮겼다. 먹는 물과 버리는 물을 공급, 관리하는 부서이다. 이 일 역시 처음 해보는 업무다. 생소하지만 배우면서 즐겁게 하기로 마음먹었다. 상하수도 업무는 일반회계가 아닌 특별회계로 운영하는데 연간 예산액이 3천억 원 정도다.

상수도는 강물을 끌어와서 정수장에서 정수하여 수돗물로 바꿔 각 가정에 공급하고, 하수종말처리장은 하수를 모아 최종 처리를 하는 곳으로 하숫물을 정화해서 하천에 내보내는 일을 한다. 용인시에는 총 16개의 처리장이 있다. 하수종말처리장이라는 어감이 좋지 않아 '레스피아'로 부른 지도 꽤 시간이 흘렀다. 레스피아는 recycling(재활용)+utopia(유토피아)의 합성어이다. 그곳에 체육시설과 공원을 설치하여 시민들이 거부감을 느끼지 않고 이용할 수 있도록 레스피아라는 이름에 걸맞게 변모했다.

레스피아 사업은 주민들의 협조를 얻어야 하고, 여러 부서의 협력과 중앙 부처의 협의와 승인을 받아야 하므로 몹시 까다로운 사업이다. 게다가 많은 예산이 들어가기 때문에 사업 추진을 하기 위해서는 시간과 노력이 많이 든다. 용인 레스피아는 1992년 건설될 당시의 기준에 맞췄지만 20년이 지나면서 노후화되었고, 게다가 방류 수질을 강화하는 쪽으로 정부 정책이 정해져 근무자들의 고생이 많았다.

중앙에서 실시간으로 방류 수질을 확인하면서 기준을 초과하면 과태료를 부과했다. 노후한 시설로 강화된 방류 수질 기준을 맞추자면 직원의 노하우와 노력이 필요하다. 개보수 확장을 해야 하는데 이러려면 중앙 정부의 승인을 받아야 가능하다. 중앙 정부에 이런 사항을 요청하면 빠른 시일 내 사업을 할 수 있도록 국비 지원과 함께 인 · 허가 제도도 개선되어야 한다. 그렇지 않으면 애꿎게 과태료를 내야 하는 사태가 이어질 뿐이다.

한직에 울고, 꽃보직에 웃고

지금까지 살면서 특별히 행복하다거나 불행하다고 여길 새 없이 앞만 보고 달려왔다. 어려움이 닥쳐도 어떡하든 견디면서 이겨냈다. 여느 직장인과 마찬가지로 승진하면 기쁘고, 남들이 꺼리는 부서로 발령 받거나 승진에서 제외되면 슬픔에 젖었다. 수십 번의 자리 이동을 겪었지만 퇴직을 2년 앞둔 2015년 7월 6일 평생교육원으로의 인사이동은 충격 그 자체였다.

정보문화기획단이 평생교육원으로 바뀌었으니 이번

발령으로 평생교육원장을 세 번째 하는 셈이다. 그 어떤 인사인동보다 창피하고 비참한 기분에 휩싸였다. 40년 동안 숱한 우여곡절이 있었지만 이번 인사는 공직생활을 그만두라는 뜻으로 생각하기에 맞춤했다. 표면적으로는 이 분야의 적임자라는 명분이라 해도 너무한 처사가 아닐 수 없다.

평생교육원 사무실은 수지에 있는 여성회관에 있다. 2006년에 여성회관 관장으로 근무하던 곳으로 출근을 하려니 마음이 복잡해졌다. 헌신적으로 일했더니 헌신짝처럼 버린다는 말이 나한테 이런 식으로 올 줄 몰랐다. 지금까지 가정보다는 직장을 우선했고, 조직을 위해 열심히 일해 왔다고 자부했는데 나 혼자만의 착각이란 말인가. 아무리 마음을 달래려고 해도 잠이 오지 않았다. 아침마다 출근하는 발걸음이 그 어느 때보다 무거웠다. 말년에 이런 꼴을 겪는 자신이 한없이 초라하게 느껴져 더 고달팠다.

조직에서 일하다 보면 직장 상사의 처신을 보고 배운다. 상사는 크게 두 종류로 나눌 수 있다. 일만 보는 상사와 사람을 보는 상사다. 기계적으로 일만 보고 부하 직원을 통솔하면 일은 어찌어찌해서 흘러갈지 몰라도 사람이 따라붙지 않는다. 사람을 먼저 보는 상사를 만나면 일은 자동으로 따라붙는다. 신명나게 일할 수 있기 때문이다.

그동안 나는 어땠는지 이번 기회에 돌아보았다. 내가 모셔온 상사들은 구분할 수 있겠는데 나를 스스로 평가해 보려니 잘 모르겠다. 사람을 먼저 보고 이끌어왔다고 자신 있게 말할 수 있어도 받아들이는 직원들 입장에서는 어떨지 자신이 없어진다. 오히려 지난 세월 사소한 말에도 상처받고 초라해지며, 작아지는 자신이 미워 견디기 힘들었다.

그러면서 지나온 길을 더듬어보게 되었다. 지금까지 내가 받은 인사이동을 대부분 충격, 경악, 서운, 불만의 길로 받아들였음을 깨달았다. 다른 사람의 인사이동은 당연, 충분, 과분함같이 생각하고 나만 언제나 힘든 자리에 배정 받았다고 여겨왔다. 이번 인사도 마찬가지로 생각했다. 내 마음이 이럴진대 다른 사람들은 내 자리를 어떻게 생각했을까.

되짚어보며 회상해보니 인사이동 때마다 뒷말이 무

성했음을 알았다. 나 역시 겉으로 드러내 놓고 입을 삐죽이지는 않았어도 특출한 성과가 없는 사람이 소위 '꽃보직'에 발령 받으면 낯빛이 좋지 않았을 것이다. 나는 언제나 저런 꽃보직에 가볼까, 하는 마음이 스쳤음을 인정하지 않을 수 없다. 걸어온 길을 곰곰 생각해 보니 슬그머니 부끄러워졌다.

나도 남들과 마찬가지로 꽃보직에 집착하고, 한직으로 밀려나는 기분이 들면 괴로워한 때도 있었다. 하지만 이런 기분도 한 달쯤 지나면 일상으로 돌아가 업무에 열중한다. 언제 서운하고 충격 받았나 싶게 일에 파묻히며 지냈다. 오히려 남들이 꺼리는 자리에 가서 실적을 내온 것도 사실이다.

생각을 바꾸자 마음의 평화가 찾아왔다. 말기암 환자 같은 심정으로 그동안의 공직을 정리하자고 마음을 다졌다. 이만하면 됐다고 스스로를 토닥였다. 그런데 마지막 반전이 찾아왔다.

정년을 1년여 앞둔 2016년 2월 19일에 수지구청장으로 전보된 것이다. 많은 사람들이 잘되었다고 축하해 주었다. 그런데 다른 때와 달리 오히려 덤덤했다. 마음을 비워서일까? 숱한 발령을 받아온 뒤에 마지막 발령이라서? 이때는 지나온 일들을 정리하며 마음의 안정을 되찾은 시점이다.

취임식은 형식일 뿐이라 생각해서 생략했다. 마지막까지 일로써 최선을 다해 임무를 다하면 되리라 여겼다. 대신 각 과와 동사무소를 방문해 직원들과 인사를 나누고, 내부 전산망을 통해 정호승 시인의 '봄길'로 취임인사를 대신했다.

길이 끝나는 곳에서도
길이 있다
길이 끝나는 곳에서도
길이 되는 사람이 있다
스스로 봄길이 되어
끝없이 걸어가는 사람이 있다
강물은 흐르다가 멈추고
새들은 날아가 돌아오지 않고
하늘과 땅 사이의 모든 꽃잎은 흩어져도
보라

사랑이 끝난 곳에서도
사랑으로 남아 있는 사람이 있다
스스로 사랑이 되어
한없이 봄길을 걸어가는 사람이 있다

끝은 끝이 아니라 또 다른 시작임을 알리는 글로 희망을 만드는 여러분이 되길 기대한다는 끝인사를 하고 수지구청장 김남숙을 덧붙였다.

많은 곳에서 답장이 왔다. 그중에는 추억이 깃든 내용도 있고, 감동적인 것도 있어 가슴이 벅찼다. 답장을 읽으며 지나온 발자취를 떠올렸다. 입가에 의미 모를 웃음이 달렸다. 마음이 한결 부드러워지는 걸 느꼈다. 구청장은 오래 할 것 같지 않았다. 후배들을 위해서 공로연수나 명예퇴직으로 자리를 비워주면 인사에 걸림돌이 되지 않는다.

구청장으로 있으면서 꼭 하고 싶은 일이 있었다. 우선 풍덕천 사거리에서 수지구청 사거리 주변 전신 지중화 사업이다. 도시 미관을 해치는 전선들을 지중화 사업으로 말끔하게 하고 싶었다. 재직 중에 마치기는 어렵더라도 시작을 하면 후임자가 충분히 마무리할 수 있는 사업이었다. 마지막으로 하는 일이라 기대가 컸다. 하지만 내 바람은 이루지 못했다. 이 일은 정말 두고두고 아쉽다.

두 번째는 고속도로 하부 벽면이 어둡고 지저분해서 페인트칠만 해둔 상태로 두었다. 이 부분을 예쁜 그림 모자이크 타일 시공으로 밝고 깨끗하게 하고 싶었다. 깨끗한 주거 환경을 만드는 것이 시민들에게 봉사하는 나의 마지막 목표였다. '천리 길도 한 걸음부터'라고 하지 않았는가? 준비해서 시작하면 마무리는 후임자가 하겠지 생각했다.

승용차 뒷좌석이 익숙해질 즈음 구청장직을 떠나 1년간의 공로연수가 주어졌다. 공로연수 기간에는 근무는 하지 않지만 공무원 신분은 유지된다. 평생 동안 주민의 머슴으로 일해온 나에게 선물하는 휴가라고 생각하고 여유를 만끽했다. 그리고 2017년 6월 30일 정년퇴직을 했다.

1976년 4월 1일 아무것도 모르는 스무 살 나이에 시작한 공무원 생활을 40년 하고도 15개월로 마무리했다. 이제 새로운 길을 찾아 걸음마를 시작했다. 앞으로 어떤 일이 펼쳐질지 설렘 반 기대 반이다. 어떤 일이라도 지금까지 해온 것처럼 하면 되겠지. 한편으로는 기대되고 한편으로는 두렵기도 하다.

갑자기 늘어난 시간에 가족들을 돌아볼 여유가 생겼다. 책가방 준비물 한 번 챙겨주지 못하고, 학부모 회의에 한 번도 참석하지 못했어도 모나지 않게 잘 자라준 두 딸! 진짜 고맙다. 미운(?) 남편에게도 고마운 마음 전한다. 40년간 함께 근무해온 선배와 동료, 그리고 후배 공직자 덕분에 내가 존재할 수 있었기에 깊은 고마움을 표한다. 짧지 않은 40년 공직생활 동안 행복했다.

고맙다, 내 인생!

각종 비리사건에 공무원이 연루된 뉴스를 볼 때마다 나와는 전혀 상관없는 일이라도 촉각이 곤두서는 건 어쩔 수 없다. 간혹 정치와 관련해 벌어진 사건이라는 생각이 들면 안타까운 마음 금할 수 없다. 게다가 업무와 관련해 공무원이 자살하는 사건이 벌어지면 며칠 동안 가슴이 아프다. 원칙과 소신만 지켜도 자신에게 떳떳할 수 있다.

원칙과 소신, 말로는 쉽지만 결코 간단치 않다. 하지

만 항상 느슨해지려는 마음을 경계한다. 시민 모두를 만족시킬 순 없기에 때로는 욕을 먹는 일이 생길지언정 적어도 재판 받고 구속되는 사태까지는 가지 않는다.

이런 의미에서 뉴욕의 영웅이자 시민들이 사랑한 피오렐로 라과디아(1882~1947) 뉴욕 시장의 생애는 부러움을 넘어 희망이다. 역사상 가장 위대한 시장으로 전 세계 지방자치단체장들이 롤 모델로 꼽을 정도로 칭송받는 인물이다. 피오렐로 라과디아는 이미 판사 시절부터 공정하고 빈민들에게 우호적인 판결을 많이 내려 명성이 자자했다.

지난 세월 돌아보면 무사히 퇴직한 일이 신기하다 못해 기묘하다. 내가 첫발을 내딛을 때만 해도, 그 후로도 꽤 오랫동안 공무원이라고 하면 박봉을 연상했는데 지금은 근무 여건이나 대우가 많이 나아졌다. 특히 IMF 이후 갈수록 취업 문이 좁아지면서 공무원의 인기가 점점 높아지고 있다. 그래서 공무원은 평생 직업이라는 인식 없이 평생 직장에 만족하는 듯하다. 공무원이라는 '업'에 대한 고민은 하지 않는 것처럼 보인다.

나야말로 공무원 길에 들어선 이후로 다른 길은 걸어

본 적도 없고, 생각해본 적도 없으니 뭐라 할 수 없는 처지다. 하지만 이것 하나만은 알겠다. 직접 경험한 일이라 자신 있게 말할 수 있다. 직장만 따지면 그 직장을 그만두거나 은퇴했을 때 소속감을 잃고 하루아침에 스스로 존재감을 잃어버리게 된다.

나 역시 이 부분에 대해서는 은근히 마음 졸였다. 직장이 곧 내 인생이나 다름없었기에 앞만 보고 내달리며 살다가 갑자기 뭔가 뚝, 끊어져버려 나락으로 떨어진 기분에 휩싸이면 어쩌나 싶었다. 은퇴 후에 무기력이 달려들어 괴롭다는 뉴스나 지인의 소식을 들으면 남의 일 같지 않았다. 나도 무기력에 빠져버리면 어쩌지, 하는 두려움도 들었다.

하지만 막상 은퇴하자 시간은 내 편이 되었다. 할 일도 잔뜩 있고, 하고자 하는 일과 나를 필요로 하는 이들이 늘어나기 시작했다. 그야말로 새로운 세계다. 처음에 시간을 잘 보내려고 강좌를 세 개나 등록한 것이 시간에 쫓길 정도가 되었다. 누군가와 점심 약속을 잡으려면 시간을 골라야 할 정도다.

그러는 중에도 내 삶의 발자취를 정리해 보려는 뜻으

로 책을 쓰기 시작하면서 자연스럽게 뒤돌아보게 되었다. 지난 세월을 돌이켜보면 걸어온 인생 자체가 불가사의하지 않은 게 없다. 자리에서 자리로 이어지면서 내 앞길이 전개될 때마다 어느 한순간도 예측할 수 없었다. 어떤 이유로 이 길을 가는가 싶은 생각이 들어 아무리 눈여겨보아도 해석할 수 있는 요소는 어느 곳에서도 발견할 수 없다.

내가 원하든 원하지 않든 일상은 흐르는 시간처럼 흘러서 당연하게 받아들인다. 제대로 가고 있는 것인가, 라는 생각이 들어도 그 시간 안에서는 도무지 알 수 없다. 시간이 흐르고 흘러 세월이 쌓이는 무게를 느낄 때쯤에야 전체적으로 바라보는 안목이 생기고 그때서야 비로소 알 수 있다. 그때 그래서 그랬구나, 혹은 아하, 하고 무릎을 치는 것이다.

이치에 맞지 않다고 여긴 일도, 이치에 맞는다고 수긍한 일도 대개 결과를 보고 판단한다. 하지만 그 결과에 이르기까지 애초에 원인이 어디서부터 생긴 것인지 일일이 가려 보기가 쉽지 않다. 어떤 원인이 있었기에 내가 지금 여기에 존재하는 것이리라. 원인 없는 결과가 있을까.

내가 걸어온 길도, 또 앞으로 걸어갈 길도 오로지 '나의 길'이다. 이 길이 어디쯤에서 끝날지 아무도 알 수 없다. 이미 와버린 길은 돌이킬 수 없고, 남은 길을 어떻게 걸어야 할지 더 많이 생각해야겠다. 얼마 전에 읽은 글귀가 새삼스럽다.

'고름은 피도 안 되고, 살도 안 된다. 분노나 화도 마찬가지.'

지난 세월 고름이나 다름없는 일에 애면글면했던 일이 불쑥 솟아오르며 나도 모르게 입가에 쓴웃음을 머금는다. 그래, 그때는 그것이 고름이었는지 모르고 괴롭기만 했지. 인생을 반추하는 이 나이듦이 요즘처럼 깊은 울림으로 다가온 적이 없다. 나이 먹어서 좋은 점도 많다. 이렇게 한발 물러서서 바라보며 관조하는 즐거움과 세상살이에 여유를 부릴 수 있다는 것.

그저 앞만 바라보며 걷고, 뛰었던 지난 시간 속에서 최선을 다한 내 인생에게 진짜 수고 많았어! 하고 고맙다는 박수를 보낸다. 앞으로 남은 시간도 씩씩하고 활기차게! 김남숙 힘 내! 큰 숨을 들이쉬고 태양을 향해 고맙다, 내 인생! 하고 외치고 싶다. 무엇보다 건강한 유전자를 물려주신 부모님께 머리 숙여 고마운 인사를 올린다.

내가 가는 길에 본보기를 보여주신 부모님이 계셨기에 지금의 내가 있다. 비록 고생한 기억만 남았을 뿐이어도 내 인생을 이끌어준 아버지가 계셨기에 지금의 내 발걸음이 있다. 아직도 일하는 것이 사람의 근본으로 여기는 엄마가 계시기에 오늘도 나는 바쁜 일정을 헤아리며 땀 흘린다. 아버지, 엄마! 정말 고맙습니다.

2018년, 올해로 엄마는 여든 아홉이다. 최근 들어 엄마가 예전 같지 않다는 생각을 종종 한다. 아버지는 77세 되던 1999년 여름에 세 번째 뇌출혈로 세상을 떠나셨다. 그날 이후 최근까지 긴 세월 동안 엄마는 아버지에 대해 말씀이 없으셨다. 그런데 요즘 부쩍 아버지 이야기를 하고, 우리들이 다녀가면 예전과 달리 쓸쓸하고 외롭다는 말씀을 하신다. 이럴 때면 가슴이 무너지는 느낌이다.

그렇다고 자식들 집으로 자리를 옮기는 일은 한사코 거부하셔서 작년에 새 집을 지어드렸다. 이 집에서 아프지 말고 10년만이라도… 하는 자식들의 바람이 헛되지 않았으면 좋겠다. 부모님을 회상하다 보니 겨울이면 소죽 쑤던 솥뚜껑 위에 신발을 올려놓고 따뜻하게 데워준 일이 떠올라 울컥, 눈물이 난다.

나도 내 자식들에게 이렇듯 온 마음으로 사랑을 베푼 일이 있었을까. 아이들을 키우는 동안에는 힘들고 바쁘게만 살아와서 뚜렷한 일화가 얼른 떠오르지 않는다. 엄마를 어떤 추억으로 마음속에 담고 있는지 이 부분은 내 몫이 아니라 아이들 몫이리라. 혹여라도 손쉽게 돈으로 해결하고, 원하는 것을 들어주는 것으로 내 역할을 다했다고 여기지는 않았는지 이 기회를 빌려 반성한다. 이 말만은 꼭 들려주고 싶다. 엄마는 항상 미안했단다!